ZUN

ESCREVER BERLIM

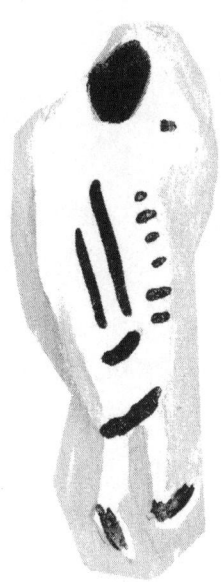

Leonardo Tonus (org.)

Jana Glatt (ils.)

Apresentação   6
LEONARDO TONUS

ANDREA NUNES
Cartas de Brígida   11
ANTONIO SALVADOR
O crocodilo azul   21
CAIO YURGEL
Três trens em Berlim e para onde vão   31
CAMILA GONZATTO
Hold for follow, ou uma vida de aviões   39
CLAUDIA NINA
Sempre não teremos Berlim   45
EUNICE GUTMAN
As taças de sorvete de Berlim   51
FELIPE FRANCO MUNHOZ
Berlin   57
GODOFREDO DE OLIVEIRA NETO
Eu, Helmut, motorista da ambulância e artista   65
HENRIQUE RODRIGUES
A chegada   75
IEDA DE OLIVEIRA
Auferstehung   83
JÉFERSON ASSUMÇÃO
Dança sem mãos   89

JOÃO GUILHOTO
Esboços de um quarto minguante de lua 103
KATIA GERLACH
O velho Klauss não corre na Autobahn 113
KRISHNA MONTEIRO
Trompete de latão 123
LÚCIA BETTENCOURT
Cinco dias em Berlim 135
LUCIANA RANGEL
De quando em berlim era noite 147
MÁRCIO BENJAMIN
A última vez que vi Berlim 157
MARIZA BAUR
Jeremias 163
MAURICIO VIEIRA
Ich Bin Berlin 173
ROBERTO PARMEGGIANI
Lembrar o presente 177
SIMONE PAULINO
Er und Sie 185
SUSANA FUENTES
Berlim, canção da terra 197

Sobre os autores 205

APRESENTAÇÃO

A relação peculiar que sempre tive com cidades me levou muito cedo a estabelecer uma tipologia afetiva dos espaços urbanos que um dia pude percorrer (ou imaginar): Rio Claro, a cidade com cheiro de bicicleta, Paris, a luzidia, São Bernardo do Campo, minha cidade-churros, Brasília, a *urbs-playmobil*, Berlim, a não-cidade.

Durante minha infância passava horas a fio sentado no concreto frio do chão do quintal de casa a visualizar os mapas das metrópoles que figuravam nos grandes e negros volumes da enciclopédia familiar. Espanados todos os dias e lustrados pelo menos uma vez por semana, estes eram manuseados com certa parcimônia e sempre sob o olhar vigilante de um adulto. Mas, privilégio de caçula, raras não foram as vezes em que com certa malícia pude romper os rígidos códigos maternos, desejosos também do silêncio que minhas viagens imaginárias suscitavam.

A descoberta de uma nova cidade e a leitura de seus mapas se realizavam sempre mediante o mesmo ritual. Uma cidade era escolhida em função do volume selecionado ao acaso. As imagens de museus, de igrejas, de espaços turísticos ou a simples presença de um mapa atestavam aos meus olhos de criança a importância do espaço a descobrir. A longa viagem começava então através da pronúncia engrolada do nome das ruas, dos bulevares, das alamedas e das avenidas desconhecidas. O indicador rígido acompanhava o deslocamento e assegurava o passo cauteloso que aguardava a travessia de pedestres invisíveis nos cruzamentos anônimos. A velocidade dos trajetos variava em função da dificuldade da leitura dos logradouros, o que explica minha rápida passagem na altura por Buenos Aires e a interminável visita das insoletráveis Praga e Budapeste. Tornei-me também um *habitué* de algumas dessas cidades, retornando com frequência aos ritmos dissimulados da *Avenue Maya-Maya* de Brazzaville ou da *Rue Moulay Ismaïl* de Rabat. Nada disso, no entanto, era possível em Berlim.

Contrariamente a outras cidades, a geografia retalhada da (não)capital alemã nunca proporcionou ao *flâneur* que eu desejava ser a paz e o entusiasmo necessários. A imagem da cidade em ruínas após os bombardeios de 1945, que figurava na enciclopédia familiar, exacerbava esta sensação. Para mim, Berlim nunca foi uma cidade. No mapa havia um risco negro que a cortava de leste a oeste e de norte a sul. Era um rasgo negro que impunha a cada rua, a cada linha de metrô e a cada estação do *S-Bahn* um silêncio ensurdecedor: as *Geisterbahnhöfe* de Berlim, suas estações-fantasmas. Para mim, não-cidade que era, Berlim dividia-se horizontal e verticalmente. Terra abaixo e céu acima, seus muros enclausuram os habitantes num espaço desprovido de ponto de fuga mas em perpétua transgressão. De Kleist à Döblin, de Kichner ao *punk underground* de Nina Hagen, Berlim respirava e ainda respira a insubmissão. Foi essa Berlim que em 1990 redescobri durante minha primeira viagem à então Alemanha reunificada. Pensava na altura já não necessitar de meus velhos mapas amarelados para percorrer as recém-rebatizadas, reconstruídas e reinauguradas ruas, praças, estações de metrô e outras tantas curiosidades. Mas eu ainda tinha em mente minha *Leninallée*, a *Leipziger Platz* e a trágica *Bernauer Strasse*. Em Berlim tentei rever o *Palast der Republik*, mas acabei me atolando no lamaçal da futurista *Postdamer Platz*. Com a bicicleta da amiga da amiga da amiga, o pobre estudante latino errava pelas largas avenidas da cidade buscando romper as fronteiras que só o cheiro acidulado do carvão teimava em manter. O carvão dos *Ossis*. O *Rotkäppchen* dos *Ossis*. Seus *Spreewaldgurken*, as *Trabants* e a *Vita-Cola* berlinense. Sôbolos rios que vão, ainda hoje procuro, sem nostalgia, pelos parques de *Prenzlauerberg* ou de *Friedrichshain* minha Berlim esfumaçada. Terá ela um dia existido? Não saberei responder mas daqui ouço os gritos de sua população-cicratiz. São gritos vindos da *Breitscheidplatz* que ecoam tragicamente nos olhos esbugalhados das famílias em *Tempelhof*. Olhos de quem caminha, porque caminha e porque tem que caminhar. Caminha um passo depois do outro e nada mais. Olhos de quem caminha porque caminha lentamente até Berlim onde também se escreve esta antologia-homenagem.

Escrever Berlim dá continuidade ao projeto iniciado com *Olhar Paris* que, em 2016, se propunha registrar a geografia sentimental praticada ou imaginada pelas escritoras e pelos escritores convidados do *Printemps Littéraire Brésilien*, festival literário europeu de que sou o idealizador e que coordeno desde 2014. Os atentados perpetrados contra *Charlie Hebdo* e contra o *Bataclan* explicavam, na altura, a urgência de uma palavra contra o ódio e pela liberdade de expressão. Ora, alguns meses mais tarde, na noite de 19 de dezembro de 2016, um caminhão invadia o mercado de Natal ao lado da Igreja Memorial Imperador Guilherme na *Breitscheidplatz* em Berlim matando doze pessoas e deixando 49 outras feridas. Berlim, a nossa convidada da terceira edição do *Printemps Littéraire Brésilien* expunha a sua dor. E um ano após *Olhar Paris,* vejo-me aqui, novamente, a redigir a introdução de uma antologia-homenagem que os participantes da última edição do *Printemps Littérairre Brésilien* quiseram ofertar, desta vez, a Berlim. Andrea Nunes, Antonio Salvador, Caio Yurgel, Camila Gonzatto, Claudia Nina, Eunice Gutman, Felipe Franco Munhoz, Godofredo De Oliveira Neto, Henrique Rodrigues, Ieda De Oliveira, Jéferson Assumção, João Guilhoto, Katia Gerlach, Krishna Monteiro, Lúcia Bettencourt, Mariza Baur, Roberto Parmeggiani, Simone Paulino, Susana

Fuentes), minhas amigas, meus amigos, que esta seja a última homenagem, mas não o último gesto de solidariedade. Paris foi uma festa, Berlim será sempre a resistência!

LEONARDO TONUS
Paris, 14 de fevereiro de 2017

CARTAS DE BRÍGIDA

Andrea Nunes

Por muito tempo, tudo fora apenas névoa. Elsa só sabia de si porque via que eram suas aquelas mãos engelhadas, espalmadas sobre o colo. Mas não sabia quem era, onde morava e o que vivera até ali, porque sua história fora drenada da mente e deixara apenas aquilo. A névoa. Também não lembrava por quanto tempo fora assim, mas de uns dias para cá, as memórias surgiam como pequenas fagulhas, etéreas e quase intangíveis, para agitá-la por alguns momentos e depois desaparecer de novo na sua escuridão particular.

O trem deslizava rumo à estação Hauptbahnhof, em Berlim, e Elsa segurava cada vez mais firme o papel amassado com o endereço. Para que ele não fugisse de repente, como as lembranças.

Steglitz.

Aquele nome lhe evocava apenas uma imagem de um sobrado num subúrbio. Com um pouco de sorte, talvez lembrasse porque precisava estar ali.

Despertara há poucos minutos do cochilo que tirara no balanço do trem. O coração ainda pulava, sobressaltado por conta do pesadelo: ela vira a porta escura de um sobrado, sempre fechada. Sempre escura. A porta abrindo e então de repente, lá dentro um berço vazio. A náusea do cheiro de talco. O berço profundamente oco, de modo que não se via o seu fundo. O cheiro enjoado de talco virava então cheiro de terra molhada. Nas mãos engelhadas de Elsa, a terra deixara suas unhas pretas. Por que as unhas estavam sujas de terra?, ela perguntava, examinando-as como um cientista examina insetos exóticos num microscópio.

    Então Elsa percebeu que o berço não era berço. Era cova. Não é que fosse cova muito funda, ela reparou: é que ela não queria ver o que estava ali dentro. Simplesmente não podia.

    Acordara com o solavanco. O trem chacoalhava. Olhou aliviada para as unhas, limpas novamente, as mãos segurando o papel com o endereço quase sem tremer. Da janela do trem, Berlim se desenrolava em uma sucessão de cinzas sobrepostos, cúpulas de prédios, nuvens, e céu. A névoa densa estava ali de novo, em todos os cenários de dentro e de fora.

    Precisava voltar ao casarão, confrontar o berço, suportar o cheiro de talco. Desceu do trem e deixou a cidade gelada bater nas pálpebras, respirando um lusco-fusco de imagens e fragmentos de memória na estação Hauptbahnhof. De lá pegou o táxi em direção ao subúrbio, e viu os prédios de tijolos avermelhados e as árvores espichadas irem invadindo o cenário enquanto se aproximava de Steglitz.

    As mãos se entrelaçaram delicadamente sobre o ventre. Precisava ter coragem para entrar no casarão. O berço ainda estaria lá? Teria sido por isso que fora embora? Que esquecera tudo? No seu coração, a filha não morrera.

Uma filha! Ela agora sabia de algum modo que houvera uma menina... seu nome era Brígida. Ela penteara seus cabelos e a perfumara, mas Brígida não chegara a crescer. Nunca saíra do berço para uma cama. Lembrava agora com nitidez da sensação fria e molhada de sua testa encostada na lápide da filha, chorando sua morte, pouco antes da névoa chegar. Mas em outros momentos, em sua confusão mental, Elsa alimentara a fantasia de que Brígida crescera. Quando sentia saudades, gostava de pensar que a filha estava fazendo longas viagens, pois tornara-se uma moça esperta e curiosa. Lembrava de cartas da filha descrevendo com encantamento cada parte do mundo que conhecia. A lembrança dessas cartas aliviava imensamente o seu coração. De repente, sentiu-se agradecida pela própria confusão mental: era muito bom ter lembranças inventadas para poder suportar o luto. A memória inventada e a névoa permanente ajudaram Elsa a sobreviver à sua maior tragédia. Melhor assim, ela ponderou.

O táxi parou na frente do casarão. Ele era menor e mais claro do que o casarão da memória inventada. O portão abriu, e Elsa, ao invés de entrar na casa, contornou-a direto para o quintal. Ao lado de um pinheiro, ajoelhou-se junto à pequena lápide de Brígida e rezou. A menina tinha vivido apenas seis meses, ela reparou, alisando as datas gravadas na pedra. Embaixo, o epitáfio dizia: "Tudo o que tu amas eventualmente perderás...", e não conseguiu ler o resto da frase, porque as lágrimas embaralharam sua vista. Sacudindo a cabeça para espantar a dor, ela levantou e resolveu entrar na casa. A casa, de pé-direito alto, rescendia a assados no forno, lustra-móveis e outros desconcertantes perfumes de lar. Elsa atravessou a sala e subiu uma escada que já sabia onde ia dar. Mas lá em cima, a porta sombria não estava fechada. Ela dava para um quarto bem iluminado, de cortinas floridas. Nem sinal do berço nem do cheiro de talco. Mas havia uma cadeira de balanço ao lado da cômoda. Teria ela embalado a filha naquela cadeira?

Elsa soube que precisava sentar na cadeira de balanço, e as mãos se atraíram num gesto automático para o fecho da última gaveta da cômoda. Ao abrir a gaveta, encontrou ali um maço de cartas presas por uma fita de cetim desbotada. Horrorizada, ela puxou as cartas dali e começou a lê-las, uma a uma: descobriu que eram as cartas de Brígida que ela lembrava de ter lido, mas pensava tê-las inventado: as cartas mais amareladas tinham uma caligrafia quase infantil, e relatavam a primeira viagem a Paris, e no ano seguinte, a Londres. Depois havia cartas sobre Suíça, Brasil, Canadá e até África do Sul.

Ela sentiu a cabeça rodar: Estava enlouquecendo agora ou já era louca há muito tempo? Quem escrevera aquelas cartas? Por que alguém se dera ao trabalho de falsificar a sobrevida de sua filha, que estava enterrada bem ali no quintal? Elsa escondeu as mãos sob o vestido, apavorada com a perspectiva de enxergar a terra novamente sob as unhas. Por que estava ali? Quem era ela, afinal? Quem era sua filha? E por que ela não conseguia lembrar a história como realmente acontecera? Foi se enroscando em si mesma, e a cadeira de balanço começou a oscilar perigosamente para frente e para trás, incapaz de sustentar com estabilidade a posição fetal que ela assumira. O movimento da cadeira a deixou tonta, e piorou o latejar da cabeça: quem a estava ninando com tanta força que a induzia a adormecer de novo? Estava na hora de dormir agora, não queria mais brincar. Ah, droga, onde estava o seu berço? De repente, a névoa retornou, envolvendo-a completamente, e a escuridão engoliu tudo.

Elsa acordou minutos depois com mãos gentis afagando seus cabelos. Contemplou perplexa um rosto sorridente observando-a. Estava deitada no colo de uma moça parecida com ela.

A moça tocou seu rosto com delicadeza, e falou:

– Você voltou e visitou novamente o túmulo de minha irmã, não é mamãe? Não minta pra mim, posso ver pela terra nos seus joelhos. Aliás, onde esteve dessa vez? Passou tantos dias fora sem dar qualquer notícia!

Elsa sentou-se para tentar afastar a névoa, e segurou a moça pelos ombros:

- Sua Irmã? Eu passei dias fora? E essas cartas? Desculpe, Brígida, eu... eu não lembro direito.

Diante daquela fala, a moça olhou diretamente nos olhos de Elsa. Ela tinha olhos lindos, percebeu. Apenas um tom mais claro que os seus. Mesmo formato das sobrancelhas. Parecia analisar com muita atenção as palavras e o rosto aflito da mãe. Por fim, deu um longo suspiro e explicou:

- Você está confundindo de novo, mamãe! Eu não sou Brígida. Sou Dora! Brígida faleceu ainda bebê, e você engravidou de mim em seguida. Passei boa parte de minha vida viajando com papai. Eu e você trocamos muitas cartas ao longo desses anos. Às vezes você me chamava pelo meu próprio nome. Às vezes me tomava pela minha irmã. Voltamos a morar juntas há um ano, mamãe. Tirei você da clínica de repouso e me responsabilizei pelo tratamento. Você está melhorando, mas às vezes entra em crise como agora.

Elsa deixou aquelas palavras decantarem na sua mente enquanto se encolhia no colo da filha: então não inventara memórias para superar a dor? Tudo de que lembrava era real? Ela perdera uma filha ainda bebê, e tivera outra em seguida! Quando o sofrimento se tornava agudo, ela fundia as memórias das duas para acreditar que a primeira nunca morrera, que crescera, e que era a autora das inúmeras cartas que a irmã escrevera ao longo dos anos.

De repente, lembrou do cheiro de talco, mas não teve mais medo. Precisava saber. Precisava lembrar.

– O que... o que aconteceu com Brígida, Dora?

A moça tomou as mãos da mãe entre as suas.

– Você lutou muito para engravidar de sua primeira filha, mamãe. Desejava tanto a maternidade que fez muitos tratamentos. Então, finalmente conseguiu dar à luz uma menina. Mas Brígida veio com a saúde muito frágil. Aos seis meses, contraiu uma pneumonia severa, e você ficou ao pé do berço velando por ela, lutando contra uma febre muito alta. Papai me disse que você tentava perfumar o quarto com talco de bebê para dissipar o cheiro da doença, mas em três dias ela se foi. E você ficou desesperada. Foi sua primeira internação psiquiátrica. Depois disso, você voltou para casa e eu nasci. Tive uma infância conturbada com seus altos e baixos, mamãe. Seu casamento não deu certo, e quando você estava mal, eu fazia longas viagens com meu pai, daí porque você tem tantas cartas minhas. Papai morreu há dois anos e eu me mudei de volta para Berlim. Para nossa casa. A nossa história pode ter começado confusa, sabe? Mas ainda temos uma vida pela frente. Espero que me deixe cuidar de você.

Exausta, Elsa fez que sim com a cabeça, e sentiu as mãos da filha pentearem seus cabelos com os dedos como ela fazia com Brígida. Não. Como ela fazia com Dora, que estava ali e pertencia ao seu passado, e ao seu futuro. Pertencia a ela. Sua filha.

Na semana seguinte, Elsa reuniu coragem para voltar com Dora ao túmulo de Brígida, com um ramalhete de flores. Então finalmente leu a frase inteira que as lágrimas não a deixaram visualizar no epitáfio, naquele dia do seu retorno.

Por sobre a laje, a placa de latão dizia:

"Tudo o que tu amas eventualmente perderás, mas no fim, o amor retornará de outra forma" (Franz Kafka).

O CROCODILO AZUL

Antonio Salvador

Descobrir o banheiro em restaurante alemão nunca foi missão das mais tranquilas. Além do aperreio propriamente fisiológico, há sempre nos olhares das mesas ao redor uma denúncia zombeteira, como se as necessidades baixo-corpóreas constituíssem uma falta particular ou até uma indignidade. Não bastasse esse embaraço, há o trajeto em si. Entre o prato e a privada interpõe-se um labirinto de entradas avulsas que, não raro, desembocam na cozinha, no caixa, em corrimãos e escadarias, tendo sido também registrados nos históricos compêndios do engano casos bizarros de clientes que, em seu desespero intestinal, nunca mais foram resgatados dos corredores ou até que teriam sido flagrados saindo inopinadamente – e, o pior, sem pagar – não do restaurante, mas de um prédio qualquer situado a léguas de distância, para além das fronteiras do imaginável.

Por corriqueiras que sejam tais dificuldades, a visita do novo presidente americano a Bötzow foi cercada de todas as cautelas possíveis; não apenas porque o presidente americano fosse um homem ultra exigente – ele era –, nem porque tais cautelas compusessem a praxe das visitas oficiais – elas compunham –, mas também e sobretudo porque em matéria de ultra exigência e oficialidades nenhum povo superará o alemão. Especialmente instruída para tal, a equipe berlinense tratou logo de dispor sobre a mesa em que jantaria o presidente americano um dogmático mapa com indicações precisas – muito mais que precisas, capitais –, a respeito da localização sanitária preparada com larga antecedência e reservada com cerimonioso mistério. Segundo a convicção alemã então vigente, os excrementos, bem como quaisquer despojos da presidencial figura, fariam jus à semelhante deferência.

Começo de noite, a comitiva americana adentrou o restaurante dominando o espaço com o vozerio habitual, e não deixou de calibrar nem por um segundo todas as pregas de seus erres. Bem-humorado – com efeito, excepcionalmente bem-humorado –, o presidente americano até suspendeu o urgente tema da exportação de tecnologia para a construção de um muro, com o fito de degustar o interessante relato feito pelas autoridades locais sobre Bötzow, essa antiga e monumental cervejaria, consecutivamente espaço de manifestações artísticas, gastronômicas e outras bobagenzinhas que, se não chamaram a atenção dos engravatados ianques, prepararam sem dúvida o terreno para certo gozo ulterior... O presidente emprestava o apuro de suas orelhinhas rosadas para um episódio, que considerou peculiar; tanto que se divertia muitíssimo, e as risadinhas que dava contribuíam para a manutenção e, por que não dizer, para ganhos expressivos em humor proselitista.

A bem da verdade, nem era coisa tão excepcional o tal episódio. Dizia respeito ao lendário inquilino da cervejaria - para ser mais exato, dos porões da cervejaria -, um inquilino, digamos, incomum: o crocodilo azul. Imagine-se certo novembro, o terrível mês, um mês gelado, um mês às escuras. A única fonte de luz são as bombas americanas que rasgam o céu e despedaçam tudo. Logo ali, o jardim zoológico e sua pacífica comunidade. Explosão. Penas, cornos e escamas no ar. No chão, uma mistura perplexa de guinchos, urros e balidos. Os poucos que ainda tem cascos correm. Mesmo as asas partidas agitam-se. Os Schmidt, uma família de babuínos, todos com as mãos na cabeça, parecem rendidos em plena avenida, Krause e Krüger sacodem as jubas nos degraus do metrô, e Siam, com o pranto nos olhos, investe toda a força da tromba contra a porta da igreja, mas apesar dos rogos não o deixam entrar. Em sua banheira de lama e destroços, o crocodilo azul emerge as pupilas. Sem saída. Ainda que pudesse fugir, como arrastaria para longe seu triássico talhe? Pois bem, os soldados alemães é que o arrastaram em segurança para Bötzow e o acomodaram no subterrâneo.

A cara do presidente americano era o Sol. Quis saber detalhes sobre a monstruosa criatura, por que azul e não uma cor mais quente, em que condições vive agora, que idade tem, quanto de terror em seu aspecto natural teria sido aguçado pela velhice - admite-se, essa última observação era mais dos berlinenses sobre o presidente, do que dele sobre o crocodilo; em todo caso, fez questão de conhecer o porão, ao que lhe asseguraram, o tour era cortesia da casa. Ainda estava preservado o tonel, imenso em amplidão, raso em fundura, onde vivera confortavelmente o crocodilo azul até o impiedoso inverno de 1963... Como? Então haviam deixado o crocodilo morrer? É lastimável, ponderou o presidente, é realmente lastimável que os comunistas - Bötzow ficara com os comunistas - não tivessem a mínima habilidade para coisa alguma, que debaixo de suas garras, por causa de um friozinho qualquer, sucumbisse animal tão fabuloso, o rei da frieza, apto a atravessar com facilidade mais de um século de vida, uma máquina feita de couro e dentes, um colosso capaz de sobreviver inclusive a uma guerra mundial! Antes fosse apenas lastimável, seria até criminosa a inépcia dos comunistas. A cabeça do presidente flamulava como a própria bandeira da indignação. Justiça seja feita - ocorreu-lhe dizer categoricamente - os nazistas, além de mais eficientes, não haviam sido afinal tão malvados. Ora, em plena destruição, lembrar-se de um crocodilo? Isso, sem falar no princípio utilitarista - o presidente americano adorava o princípio utilitarista -, salvar o crocodilo azul era, sob todas as luzes, até uma questão de interesse público, tendo em vista a quantidade de corpos humanos a emporcalhar as ruas; bastava que os atirassem dentro da barriga crocodílica e, segundo seu parecer, certamente teriam feito isso. De que outro modo poderiam alimentar uma fera daquelas em tempos de fome? E que ninguém viesse com julgamentos morais! Além do benefício em matéria de limpeza urbana, se a condição dos cadáveres era irreversível mesmo, desperdício seria não atirá-los ao bichinho.

Tendo concluído o libelo, o presidente americano tomou um generoso gole de sua cerveja e, pulando a entrada, caiu de boca no prato principal: costelinhas de porco. O caso dos judeus, por exemplo – pelo visto, o libelo não havia sido ainda concluído e, dada a expectativa de uma conclusão pouco humanitária, todos os talheres do recinto petrificaram-se diante de queixos sutilmente descaídos. O crocodilo azul poderia ter dado conta de boa parte dos judeus, considerando, claro, o contexto – era sempre necessário enfatizar o contexto, para que sua fala não fosse desvirtuada. Aí reside mais uma utilidade pública de que o monstro não apenas teria tomado parte, mas assumido certo protagonismo. Não que fosse engraçado servir judeu no almoço, mas em tempos de guerra ninguém escolhe dieta!

Anote-se que a visita a Bötzow e a conversação aqui reproduzida não aconteceu num tempo bárbaro – pelo menos, não assumidamente bárbaro –, mas sim no ano de 2017, um ano não tão longínquo – naquela época, eles já falavam até em justiça, tinham seus códigos, leis... Seja como for, o tal presidente da antiga potência era tão famoso por emitir semelhantes tiradas, quanto americano por achar que, além do posto presidencial, a fama, por si só, garantir-lhe-ia autoridade suficiente para emitir e achar qualquer coisa. Contudo, se entre americanos de outrora, do norte ao sul, tais liberalidades passavam impunemente, conforme vinha sendo convencionado sob o sagrado manto da liberdade de expressão e seus amplíssimos becos, entre berlinenses, que à época já andavam dois dedos à frente das outras civilizações, a simples coexistência com homens assim provocava incontrolável prurido que se traduz por vontade de punir.

    Sem que o mais vago requebro tivesse insinuado a possibilidade de alguém usar o banheiro antes dele, o presidente ergueu-se da mesa. Até com alguma descompostura, munindo-se do mapa, dispensou o assessor – já que apertos dessa natureza exigem privacidade – e saiu rebocando atrás de si aquela sua bunda americana. Conquanto, na prática, o tempero berlinense não tivesse caído bem, alguns dos convivas viram na pressa presidencial não descompostura, mas sim qualquer coisa de alevantada e nobre. Em termos simbólicos, o presidente teria mesmo que ser o primeiro a defecar. O gesto equivalia, por extensão, a fazer da América – também nessa minúcia – a primeira. Mas nada disso tem importância e, além do mais, essa visão de mundo morreu naquela mesma noite em que, numa simples ida ao banheiro, morria também o presidente americano, estraçalhado pela descomunal mandíbula do crocodilo azul.

Ficou para os historiadores a tarefa de investigar os meandros do fatídico mapa; outros ocuparam-se com a enigmática queda do presidente dentro do tonel; houve também aqueles que quiseram saber como, por tantos anos, os berlinenses haviam mantido em segredo a monstruosa criatura; os mais delirantes chegaram até a afirmar que o objetivo das autoridades locais com a visita a Bötzow fora obter aquele propício resultado. Por repetitivas que fossem, nenhuma dessas ponderações abalaram o reptiliano sossego da cidade. Depois que tudo foi esclarecido e difundido nos jornais - sim, tudo foi germanicamente esclarecido e difundido -, o único fato chocante foi a demissão da nutricionista responsável pela dieta do crocodilo azul e sua repentina substituição por certo especialista, doutor com *glitter* e muitas salvas - para piorar, bávaro -, o que acabou gerando muito bulício e até uma onda de protestos.

TRÊS TRENS
EM BERLIM
E PARA
ONDE VÃO

Caio
Yurgel

1. JUNGFERNHEIDE

Um homem me aborda na plataforma e me pergunta se ali passa o trem para Jungfernheide. Eu sorrio e respondo que sim, o trem para Jungfernheide passa ali. O homem agradece e começa a caminhar em direção ao painel eletrônico mais próximo, numa das extremidades da plataforma, para confirmar a informação. Eu me ofendo e o sigo. Ele para debaixo do painel e confirma a informação, decide aguardar ali mesmo o trem para Jungfernheide. Faltam dois minutos para o trem chegar e eu estou escondido atrás de um pilar. Quando o trem chega eu entro no mesmo vagão que ele, entro por outra porta e encontro um assento livre onde tento conter minha raiva. Jungfernheide fica a três estações dali e eu também sabia disso, poderia ter-lhe dito que o trem para Jungfernheide passava ali e que Jungfernheide ficava a três estações de distância, e que quando o trem chegasse a Jungfernheide a saída seria pela esquerda. Ele desce em Jungfernheide e eu desço atrás, furioso a essa altura, inventariando todas as razões pelas quais ele não teria acreditado em mim: meu sotaque, minha pele, meu cabelo, meus tênis. O homem caminha devagar rua abaixo, já é idoso ou pelo menos velho, não me ouve dois passos atrás, não me vê ao entrar em casa e fechar a porta. Bato na porta. Ele abre a porta. Eu pergunto por quê. Ele não entende e eu grito, em consideração à sua idade: por quê. Ele ameaça chamar a polícia. Eu digo que sou alemão. Ele ameaça chamar a polícia mesmo assim. Ele tenta fechar a porta mas eu não deixo. "Eu não tinha razão?", eu grito, "Eu não tinha razão que aquele era o trem pra Jungfernheide?" O velho tenta fechar a porta mas não consegue, já é velho. Dou um chute na porta e o derrubo no chão, entro na casa dele a pontapés. "Eu não tinha razão?", eu continuo a gritar, chutá-lo. Ele tenta se proteger com as mãos mas não consegue, já é velho. "Não era aquele o trem pra Jungfernheide?" O velho suplica perdão, tenta tirar a carteira do bolso, tenta erguer a carteira em minha direção. Eu chuto a carteira para longe, a carteira e os dedos dele. Eu sou alemão, me digo entre um chute e outro chute. Eu sou alemão e estamos em Jungfernheide. Meus tênis ficam ainda mais sujos, agora com o sangue do rosto do velho, e quando os braços dele perdem o que lhes resta de força e se esparramam pelo chão, vejo que ele usa um relógio e que o próximo trem passa em sete minutos.

2. WASSMANNSDORF

O jornalista, que não é jornalista de verdade, que escreve por masoquismo e não profissão, aquece uma xícara de chá e senta-se em frente ao computador, onde um email o aguarda com um bom-dia e uma pauta. O email cruzou dez mil quilômetros antes de cair no seu colo prometendo-lhe o equivalente a 63 euros e 50 centavos em troca de dois mil caracteres sem espaço. O jornalista aceita a pauta, outro email cruza o Atlântico. A pauta pede uma reportagem sobre o amaldiçoado aeroporto de Berlim-Brandenburgo, em infinita construção desde 2006 ao ritmo de três vezes seu orçamento inicial. O jornalista sente saudades do Brasil. Ele vasculha sua agenda telefônica em busca de um depoimento, tenta dois números e consegue dois mais, até enfim desencavar o contato de um dos quase quatrocentos moradores que foram desapropriados para que o infinito processo de construção aeroportuária tivesse início. O ex-morador está disposto a dar uma entrevista, nem que seja para um jornal brasileiro.

"De São Paulo", complementa o jornalista, uma informação que o ex-morador do outro lado da linha recebe em diplomático silêncio. O jornalista coça a barba. "Podemos nos encontrar in situ?", pergunta, ao que o ex-morador, num sotaque agrário, num sotaque que valha-me-Deus, sugere como ponto de encontro uma estação de trem próxima ao aeroporto em construção. O jornalista não entende o nome da estação e pede que o ex-morador repita; o ex-morador repete: "Weißmannsdorf". O jornalista arregala os olhos, solicita mais uma iteração: "Weißmannsdorf", bufa o ex-morador, já arrependido da entrevista, do aeroporto, do Brasil, da telefonia móvel, da mídia impressa, da língua alemã. O jornalista pigarreia. Neto de judeus sobreviventes, herdeiro da memória que nunca esquece e de um nariz que a ninguém engana, ai dele em pleno território germânico aceitar um dia pôr os pés num local chamado Vilarejo-do-homem-branco: Weißmannsdorf. O jornalista agradece o ex-morador mas cancela a entrevista, envia um terceiro email transatlântico desistindo da pauta, e um quarto para a família dizendo que volta, que a Alemanha nada aprendeu com sua história.

Onze anos depois, durante uma mudança para um sobrado nos Jardins, quando por acaso um mapa metropolitano e amarelado de Berlim despenca de uma caixa e cai a seus pés, o ex-jornalista percebe em silêncio que o nome da estação não era bem aquele que tinha ouvido. Mas a essa altura já tem dois filhos e nem escreve mais.

3. OSTKREUZ

Talvez é vez demais; busco tua pele, encontro: ossos, ocos, um pássaro cativo de minha mandíbula, nós dois cativos de uma cidade fria que atravessamos à noite, algumas noites, postes de luzes alógenas, raios enjaulados em plástico. Tosses. Me perguntas: Falta? Digo: Muito. Quanto? Muito. Trens voam sobre nossas cabeças, todos os trens nos quais não estamos, fantasmas. De minha boca escapa fumaça, tu já não tens mais alma. Muito mesmo? Te abraço, sufocas, tuas luvas têm furos nos dedos, teus dedos unhas negras. Depois que a temperatura despencou abaixo dos dez abaixo parei de contar. Desligamos a geladeira. As duas pizzas congeladas que temos, um pote de manteiga, tudo agora no parapeito da janela aberta, por onde assistimos sete corvos famintos devorá-las, a pizza, a manteiga, uns aos outros, impotentes. Desligamos a geladeira. Desligamos a calefação também. Nos aquecemos um ao outro. Eu te visto feito uma luva, tu na horizontal apenas aceitas. Falta muito?, perguntas também deitada, que te doem os ossos, que os escutas ranger. Te faço beijar a palma da minha mão, esqueces o frio debaixo do meu amor. Desligamos a calefação.

Atravessamos o asfalto congelado em direção a uma estação ferroviária em obras, ao redor uma floresta de árvores mortas. Vês os corvos empoleirados nos galhos e tremes, meu amor. Os corvos já são presságios e eles dizem: - - - - -. Falta ainda? Pouco. A verdade é que te perdoo por teres esquecido a comida no parapeito, tua última refeição, onde a deixei para ver se te atraía, queria que visses a cidade à noite, de cima, e de costas te abraçaria. Mas não te mexeste, agora te arrasto em meus braços, carrego uma cruz e teu ossuário. Pulamos uma cerca bloqueada por uma placa vermelha, subimos um andaime para que vejas a cidade de cima, para que a ordem do mundo seja restituída e só uma última vez os trens voem sobre tua cabeça. Te abraço perto da beirada, aos nossos pés as luzes do primeiro trem surgem à nossa frente e somem às nossas costas. Não falta mais nada. Te digo: Chegamos, a cidade gloriosa acesa aguarda. Os trilhos vibram anunciando o próximo trem, a noite fria pede uma oferenda. Te solto e recuo dois passos. As luzes do trem iluminam o terreno baldio por onde correm os trilhos. Não te toco; de longe: assopro. O trem passa. Voltamos para casa. Talvez amanhã.

HOLD FOR FOLLOW ME, OU UMA VIDA DE AVIÕES

Camila Gonzatto

Hold for follow me or RTF *Instructions* era o que dizia na placa abandonada, amarela já bem descascada. A neve grudava no meu sapato e estalava a cada passo, dando um arrepio de frio que subia pelas costas. Eu andava pela pista de decolagem junto com outras pessoas que não sabiam o que fazer com tamanho frio e tamanha neve, era uma mistura de encantamento e horror. O antigo aeroporto parecia um deserto lunar.

 Mesmo de longe, a placa não desgrudava da minha retina. Teria alguém esperando por mim e prestes a me seguir? Provavelmente não. Nem eu mesma faria isso por mim. Já fazia mais de um ano que eu tinha passado a viver como um avião. Depois de mais de trinta dias na estrada, numa rota de fuga sem fim, me transformei – ou fui transformada – num objeto voador em solo. Foi nesse trajeto, feito na velocidade de uma lesma pegajosa, que fui me perdendo. Fantasiei muito essa nova vida, imaginava detalhes, dissolvia generalidades, construía refúgios e criava pontos de encontro. Mas nem no meu maior delírio, poderia pensar que viveria num hangar de Tempelhof, exatamente onde aviões tinham passado noites frias de inverno nevados.

 Aos poucos fui aprendendo a passar dias e noites como aviões em manutenção, aeronaves em solo. Todos ali tinham um pouco de avião e um pouco de humano, num olhar perdido para a beleza de um parque nevado, num leve toque no ombro do desconhecido, no sorriso escondido no canto do lábio quando recebia alguma notícia de alguém próximo, no tragar de um cigarro quente, enquanto a chuva cobria as pistas e o horizonte, na imobilidade do tempo que mal conseguia empurrar os ponteiros do relógio. E, nas asas, muito maiores do que as travessas de qualquer cidade.

Já que não podia voar, sentia o peso de todo um outro mundo sobre os meus ombros, comecei a caminhar, lentamente, como um avião taxiando. Caminhava em busca de algo sempre incompreensível. E aos poucos fui descobrindo a cidade. Rua após rua fui montando um quebra-cabeças que se tornou um mapa. Comecei fazendo trajetos diferentes, indo a lugares inimagináveis, sem nunca ser convidada a entrar. As caminhadas foram crescendo a medida que o tempo foi passando. Quanto mais avião eu me tornava, mais eu queria me inscrever na cidade. Caminhava para passar o tempo. Mas caminhava mesmo em busca de algo que ficou perdido no outro mundo, que me fazia existir como mais que um avião estacionado em um hangar esperando ser autorizado a decolar.

Berlim já não era uma desconhecida. Os nomes das ruas já estavam catalogados e organizados. As preferências eleitas. Ocidente e Oriente levavam aqui a outras paisagens. Depois de meses, eu já tinha uma visão panorâmica da cidade. Mas a cidade não me via. Só eu a via. E segui andando, virando em cada esquina, entrando em cada pátio aberto. Encontrei muitas coisas, objetos perdidos, televisões velhas, rádios usados, roupas descartadas, pessoas jogadas, ilusões esquecidas, preconceitos estampados, utopias desesperançadas, livros rasgados, telefones quebrados, meias sujas. Mas nunca encontrei meu nome.

Sei que um dia a vida de avião em solo sem solo em busca de um solo vai acabar. O que vai sobrar desse tempo são as ruas e seus segredos, alguns ainda não revelados. De mim, nada. Por isso, achei melhor levar a placa a sério. Ela ainda indicava um certo destino. *Hold for follow me.*

SEMPRE NÃO TEREMOS BERLIM

Claudia Nina

"(...) não lhe teria escrito tudo isso se não fosse tão tarde".
ANTONIO TABUCCHI

Meu amor, lembra de quando não fomos a Berlim? Fizemos planos demorados, memorizamos mapas de ruas por onde não andaríamos, listamos restaurantes, os mais indicados pelo guia, incluindo aquele onde, na entrada, não paramos para tirar nossa foto. Enumeramos item por item tudo o que seria saboroso, divertido ou romântico para (jamais) experimentarmos. A gente poderia ter tido Berlim a nossos pés, mas, como o combinado, recolhemos corpos e almas para nunca. Ou para sempre – depende do ponto de vista. Berlim não vivida, não amada, não conhecida em suas mais profundas veias, foi a viagem mais intensa que já não fizemos. Sempre não teremos Berlim.

Às vezes, o destino prega peças e desfaz o que não buscamos, criando, por exemplo, encontros casuais que poderiam desmanchar nossa intenção de não nos vermos em Berlim. Mas o destino ajudou e, como planejamos, a nossa não-viagem aconteceu. Foi a mais linda que poderíamos não ter. Como é romântico lembrar de tudo o que não houve. A imaginação é mais inesquecível do que a memória, tão esburacada quando mais precisamos dela, não é mesmo?

Como foi lindamente perigoso não nos perdermos à noite e depois não chegarmos, exaustos e andarilhos, ao Myer's e ficarmos aquelas longas horas um de frente para outro, você tão claro e macio, os olhos tão verdes e despedaçados no fundo dos óculos, eu com tanto medo de que você acabasse, porque sempre me pareceu um sonho, ainda mais em Berlim, ponto de fuga, cenário distante de não encontro, cidade ampla, partida, esmigalhada, imperial, tão cheia de facetas distintas, com suas ruínas misturadas ao futuro – acho que foi mais ou menos isso que você disse quando sugeriu que fosse em Berlim que nos perdêssemos um do outro, que fosse ali nosso ponto cego.

"Vamos marcar um jamais?"

Você escreveu assim, em uma de nossas conversas sucintas. Somos dois que preferem o ponto à vírgula, você ainda mais do que eu. Aceitei todos os seus jogos. Este, mais estimulante, porque era uma espécie de contrato de risco: e se desse errado e, por acaso ou destino, a gente se surpreendesse justamente onde não era para estarmos?

Um dia, antes do não-encontro, planejamos a reação do planeta ao nosso juntar de ossos: "Os céus desabarão", escrevi. E você me respondeu: "Dentro de você".

Logo hoje, quando está tarde e você absolutamente irrecuperável a mim, logo hoje decido me lembrar de tudo – e me coloco no caminho que atravessa o portão de Brandemburgo, entro pelo Tiergarten, e não te encontro lá, para não irmos juntos até o Biergarten

Schleusenkrug, longa caminhada de verão, delícia de não-memória que me lateja como se não fosse ontem. Você, que não bebe (nem em Berlim?), não quis dividir uma Berliner Weiße de framboesa, eu não tomei várias naquele dia inteiro e quente. E não tiramos nunca uma foto, você que detesta registros óbvios, porque é um tolo que acha o texto superior à imagem. Teríamos não visto as raposas no final da tarde?

A gente não se sentaria no Oxymoron para olhar o mundo passando e, estáticos, sem coragem de dizer o que importa, preferiríamos fingir que nos concentrávamos no som de um violino distante. Ouviu que lindo?

Minhas não lembranças são cheias de equívocos, inclusive geográficos, mas isso já não importa. Não estávamos em Berlim, e quanto a isso não houve erro nem imprecisão – não sei quem se desviou de quem nem em que esquina dobramos ausências. Mas isso não tem a menor importância. Ou tem alguma para você?

Quando dois escritores se perdem, resta o sonho de um encontro na palavra. Seu texto enxuto e nervoso me acolheria? Quem sabe um conto, uma crônica, onde ancoram os impossíveis. Esperei que um dia as frases soltas que enviávamos um para o outro ganhassem tamanho, quisessem explodir para fora da página, mas a ponta da linha que junta meu corpo ao seu texto se perdeu. Berlim nos separou para sempre.

Você se lembra, meu amor, de como planejamos cuidadosamente nosso desencontro? Sentada à beira daqui, penso em tudo o que não vivemos e me pergunto se você ainda existe. Talvez esteja em lonjuras e esconderijos. Você me disse que amava Berlim, mas tinha medo de sua imensidão. Logo hoje, quando é tão tarde, nem sei se você ainda existe, percebo que nosso ponto de fuga em Berlim teve muito sentido. Nós, que sempre fomos imensos um para o outro, tão cheios de ruínas e futuros. Berlim, nosso roteiro riscado, por onde nos perdemos no imaginário gigante dos anos, foi nosso medo maior. O destino cumpriu seu papel e nos desviou de nós. Fomos poupados da memória.

Não teremos para sempre Berlim, como o combinado. O destino nos obedeceu. Mas hoje, logo hoje, quando é tão tarde, só queria saber se você ainda existe tanto quanto eu e se algum ponto desta linha que escrevo agora poderia, quem sabe, encontrar sua disposição em contar o que não houve. Meu corpo se enlaçaria à sua palavra e você me faria nascer novamente. Berlim está lá, imperial e distante, ampla e curiosa, à espera.

Vamos marcar um novo jamais?

AS TAÇAS DE SORVETE DE BERLIM

Eunice Gutman

A taça de sorvete da Alemanha Oriental, feita de aço e com a inscrição ao fundo DDR. Die Deutsche Demokratische Republik, ou em português, República Democrática Alemã. Duas antigas taças de sorvete, Eisbecher, Eisschalen, em meu armário no Rio. Como mesmo que elas foram parar ali?

Lembro-me do frio no antigo edifício da ocupação em Berlim. Sem calefação, o jeito era dormir com pulôver. E, por cima de todas as camadas possíveis, ainda vestir o casaco. A amiga berlinense morava lá desde alguns meses após a queda do muro, quando os edifícios abandonados foram ocupados por artistas. De uma cidade a outra na Alemanha, meus dias eram itinerantes, projetando filmes, recebendo apoios dos lugares mais inesperados. Agora, na recente ocupação do prédio no lado oriental de Berlim, vivíamos um momento de reconstrução da cidade.

A cozinha era coletiva. Os banheiros ficavam no corredor. Mas não tinha fila. Frio sim, era um gelo. Até hoje, o frio é a primeira lembrança daqueles dias. O casaco cinza bem forrado, o mesmo que espio dentro do armário já faz um tempo. Na verdade, sai dali uma vez por ano, quando tenho que estendê-lo antes da próxima viagem. Esse meu casaco deve ter ficado feliz naquelas noites, naqueles dias gelados quando precisei dele até para dormir. Para estar dentro de casa. No prédio sem calefação.

Também sem elevador, mas subir e descer as escadas até o apartamento onde ficávamos era conhecer as pessoas dos outros apartamentos, a cada lance, novos rostos, novas conversas. Festejávamos a vida, os encontros, o mundo. A união das duas cidades. Sem muros no planeta. Se numa guerra as pontes eram as primeiras a serem destruídas, e os trilhos, e as estradas, os muros eram os primeiros a caírem neste período de celebração. As paredes naquele prédio serviam de abrigo aos nossos encontros. Todo cantinho era uma solução, não havia o receio de receber visitas. Não por falta de espaço, eram pródigas em nos acolher em casa, as amigas berlinenses.

Nos corredores as portas se abriam para os quartos. Mais do que fechados em nossos mundos, estávamos em trânsito. Pelos corredores e pelas escadas. Para cima, para baixo, divididos em alturas, unidos pelos ritmos das conversas.

Foi numa dessas idas e vindas pelas escadas que conheci Inge, ela era a mais velha entre os artistas. Inge. O mesmo nome de minha prima de origem polonesa e que morava em Berlim antes de começar a guerra. E quando a guerra começou, foi obrigada a voltar à Polônia. Essa outra Inge estava ali, inteira, e ao ouvir minha história disse que podia ser a minha prima mais velha. Após a nossa longa conversa, foi até um pequeno armário de madeira, abriu a portinhola, enquanto a memória que eu inventava vinha em fragmentos, cartas, que eu recebera no Rio no encontro com meu primo, irmão de Inge. Com papéis falsos, ele conseguira sobreviver em Berlim à Segunda Guerra. De repente, a Inge que eu acabara de conhecer aparecia com duas taças de sorvete – Está frio, mas só tenho isso para oferecer. A vantagem do frio era não precisar de geladeira no quarto. Tomamos o sorvete, eu debaixo daquele casaco. Também ofereceu chá, preferi café. Dias depois, véspera de minha partida, encontrei no meu apartamento, sobre a única mesa entre os poucos móveis que havia, as duas taças de sorvete com um bilhete assinado: Inge. "Para elas visitarem o Rio, e você me contar da sua cidade".

Anos depois, uma amiga reparou nas inscrições: as letras "P" e "R". E ainda um "d" minúsculo no meio. Por onde teriam viajado aquelas taças que em algum momento celebraram um instante festivo? A ponto de terem ali impressas as iniciais dos nomes de alguém?

Mandei um postal, trocamos cartas durante um bom tempo.

Hoje, ao tomar café, li a matéria no jornal, falava de investidores na parte da antiga Alemanha Oriental que compraram os imóveis e aumentaram os preços dos aluguéis. Pergunto-me se ela ainda está ali. Terá resistido bravamente às especulações? É com alívio que leio mais à frente: a lei proíbe que expulsem moradores de idade avançada, pois se compreende que não teriam como fazer uma mudança.

Procuro as taças de sorvete, die Eisbecher no fundo do armário.

E continuo a ler sobre as diferenças, os muros invisíveis, lembrando-me cada vez mais daqueles corredores e escadas, daqueles dias em que todos nós procurávamos novos modos de viver no planeta e habitar a cidade.

BERLIN

Felipe Franco Munhoz

Brr.

DA

Aqui

faz frio.
Congelo.

Do pequeno
(da ferrugem;
das veredas,
frestas verdes,
sulcos cobres;
cicatrizes;
tintas, trevas;
uma aranha?;
dos odores
da madeira),
desta estreita
fechadura,
tiro os olhos -
troco, à frente,
para o fundo,
onde havia
luz confusa,
miopia -,

desvio um triz.

Transfiro o foco,
transfiro a bruma;
atrás dos veios,
vedante lacre,
Berlin, aberta,
in loco, totum,
Berlinfinitus.

Com suas boates
e bares de ferro
e bares de plumas.
Desnuda, impassível.
Com seu idioma,
com seus dialetos.
Com lábios distantes
e beijos no escuro.

Berlin. Com blocos duros -
na língua, versos rijos -,
tijolos, vidros, aço,
pilares; prédios baixos
que planam linhas: aves
em meio ao céu nevado.

Matemática cidade
(camuflando cicatrizes?,
via método severo,
conta a métrica nos dedos).
Com seus ecos, da fluente
Filarmônica: murmúrios
e pentágonos e palmas.
Com seu muro com fantasmas,
com grafite, com chiclete.

Com suas pontes sobre o Spree.
Com suas pontes sobre o Spree.

Com seu obelisco (giratório?) –
no topo, dois anjos: um, de fato,
perpétuo, vislumbra manchas, telhas,
o parque, avenidas; dor. O povo.
Com seu diabólico passado.
Com seu parlamento reformado.
Com seu babilônico, imponente,
portal; em seu Pergamonmuseum.

(Maior, somente a Berliner Ensemble.)

Pois A nous deux maintenant? Deixo a frincha
Berlin: além-maçaneta, este mundo
Berlin; além-voyeurismo, a palpável

Berlin; às mãos, adiante, potente,
Berlin, roçando-me o rosto com facas;
Berlin. Desfiro, ao Cocito, seis passos
Erdolchen Leiden Hölle Pein Angst Quälen;
seis passos, mas circulares, voltando
ao lacre – agora, ao contrário – vedante.

Recurvo-me à fechadura em reverso,

onde observo
mais ferrugem,
novas frestas,
novos sulcos,
novas tintas,
novas trevas,
novas rugas,
uma aranha?,
novo mofo,
mais odores,
de madeira;

desvio um triz.

Atrás da porta,
encontro o quarto.

Com seus candelabros
e velas candentes.
Com poucos objetos.
Com fotos, retratos,
compostos de cinzas.
Com roupas caídas:
vestido, corpete;
aponta-me, agulha.
Com suas cortinas,
três selos de seda,
cobrindo janelas.

O quarto. Concha escusa,
envolta em lusco-fusco
(cintilam cores quentes).
Com móveis: mesa, cama.

E, na cama, em dança branda –
flamba Lou, ao toca-fitas,
Honey, era um paraíso –
ela, pérola, balança
(derretendo-se em filetes,
desce o mel dos movimentos,
desde a nuca, pelas costas,
infraelástico, nas ancas);
Argo n'água, a Frau balança

com suas pernas sobre a lã:
flexível par de arranha-céus.

Pegadas volvendo cobertores;
durante a gangorra dos joelhos,
Nastassja? dedilha as alvas asas,
desata o colchete, folga as alças –
ouriçam dourados arrepios.
(Meu fôlego espreme-se vielas.)
Seguidas nuances do oceano
aos pés: 7/8, cinta-liga;
revoltos tecidos, tramas, tremas.
Sem véu, bamboleia ¡Olé! libido.
Eu juro que vi, nos lobos, brincos;
eu juro, corrente no pescoço;
eu juro, pingente, juro, estrela;
espectros às voltas do pecado.

Lá dentro, atiça-me a santa em berlinda.

EU, HELMUT, MOTORISTA DE AMBULÂNCIA E ARTISTA

Godofredo de Oliveira Neto

Para Pierre Daviot

Dirigir ambulância traz paz interior, disse a direção do hospital, passa a sensação de utilidade e de fraternidade com os vencidos. Fui me acostumando a pedir emprestada a van branca com a inscrição Hospital de Caridade-Diamante, sc. As madrugadas da região são o meu casting e a desorganização e a corrupção do serviço de ambulâncias do hospital são conhecidas. Fico atento ao rádio no painel e ao telefone celular para qualquer urgência vinda do Caridade, nesse caso dou preferência, claro, às ordens oficiais. Enquanto não há chamadas – são raras – enfio o meu traje preferido e saio por aí visitando bares e casas noturnas de beira de estrada a procura de bêbados e deprimidos de fim de noite. Levo os notívagos e os deixo perto de casa. Todos esses estabelecimentos me conhecem – Cadê o alemão? Onde está o homem de macacão curto debruado e de suspensórios? Onde está o motorista das ambulâncias do Hospital? Lá vem o Helmut.

Até imagino que um dia o hospital vá proibir essa atividade semi clandestina, digo semi porque o meu chefe imediato na seção de ambulâncias faz vista grossa em troca de uma nota de cem reais. Deleite, júbilo, bem-estar. É o que sinto. Meu pai foi motorista de táxi em São Paulo. Lembra jogo com apostas em dinheiro, querido Helmut, ele me dizia. A pessoa levanta o braço na calçada e o cérebro tenta adivinhar quanto vai entrar de dinheiro pela corrida, por isso eu aguentava doze horas de trabalho sentado ao volante, não se sente o tempo passar nesses casos. O vício do jogo. Meu pai colecionava filmes antigos, comprava rolos e rolos num brechó no centro de São Paulo. Meu viés de artista vem daí. E me valem, os filmes, para o curso à distância de Ciências Humanas de uma Universidade privada de São Paulo.

Papai se imaginava dirigindo em Berlim – gostava de me explicar –, cidade onde nasceu e morou até os 18 anos, quando veio para o Brasil atrás de um rabo de saia, uma brasileira, minha mãe. Nasci em 1971, três anos após a sua chegada. Papai sofreu um acidente de carro e se aposentou por invalidez. Mamãe faleceu no acidente. Daí viemos os dois, eu bebezinho, para Diamante, onde tinha vindo morar um italiano grande amigo dele durante os três anos na capital paulista. Papai morreu em novembro do ano passado. Herdei a sua coleção de filmes antigos e a casa afastada e erguida há décadas por uma família de colonos alemães. Sempre me imaginei morando em Berlim.

Das atividades da minha mãe na Alemanha prefiro não falar. Melhor não lembrar.

Alguns dos rapazes e eventualmente moças que conduzo até perto da suas residências aceitam a minha proposta. Construí no sótão da casa uma imitação, não digo réplica, seria exagero, de ruas de Berlim. Aproveito as placas com nome dessas ruas guardadas por papai

– essas, sim, réplicas perfeitas – e quatro relógios-cuco. Cada rua – são quatro – tem o seu relógio pendurado na parede, sob a placa. Filmo com o celular mesmo sempre alternando tragédia, comédia, tragédia, comédia. São textos que eu mesmo escrevi. Monólogos para serem lidos com voz arrastada ou risonha, por isso a importância do personagem ator. Pago a cada um com uma nota do mesmo valor da deslizada na mão do chefe das ambulâncias. A média é mais ou menos de cinco tentativas até achar um ator ou atriz que funcione para cada peça.

O José (todos os nomes são fictícios) recitou há quinze dias lá pelas três da manhã. Na hora prevista a porta do cuco se abriu, ouviu-se o piar desajeitado, e um gnomo ameaçador surgiu na soleira porta da casa-relógio, perto do ponteiro das seis horas. José leu o texto sobre uma família desajustada, o pai batendo na mãe, a mãe e o pai batendo no filho, o pedido de perdão do rapaz. José chorou muito, não sei se pelo texto ou por culpa dele por alguma coisa. A narrativa já tinha acabado e ele, babando, olhava para o meu celular pedindo perdão. O que ele terá feito de tão grave na vida? José balbuciava alguns nomes mas não dava para decifrar. Aquela atuação me impressiona até hoje. Tinha, quando criei o texto, pensado apenas na ideia do pai proferindo interditos, mas saiu outra coisa. Ao meu grito the end correspondeu um olhar surpreso examinando o traje de tirolês – sei que não existe na Alemanha de hoje, mas fica bem em mim, gosto das tradições – e logo José foi vomitar na privada. Pedi que, na saída, olhasse para a placa. A Alte Schönhauser Strasse continuava engarrafada mas via-se alegria nas mesas espalhadas nas calçadas. O cuco mudo.

A comédia foi da Liliane. Com o piar do cuco, surgiu, na porta do segundo relógio, uma jovem com um lenço vermelho com bolas brancas na cabeça e uma cesta no braço, rindo e movendo o corpo de um lado para o outro. Liliane devia fazer duas personagens. Uma de voz fina e outra de voz rouca, bem masculina, exageradamente masculina. Um debochava do outro. Os defeitos de ordem física – jocosos e de enrubescer qualquer plateia – e de ordem moral e comportamental vinham elencados e brandidos em meio a risadas e a gargalhadas. Liliane, os olhos colados no texto – pensei em certa hora que devia ter escolhido a outra atriz, da véspera – reforçava os defeitos mútuos com a ajuda de gestos, alguns obscenos. Pensava exonerar-se das suas vergonhas jogando-as na cara dos outros. Mas na verdade as ampliava. Libertar-se do sujeito era o título da minha peça. Liliane repetiu no mínimo dez vezes o título, arrotou outras tantas, e desmoronou na poltrona sob a Oderberger Strasse. Para acordá-la foi um custo. Disse, já no carro, ter estado três vezes em Berlim. Mora em Porto Alegre e veio passar férias nesse cafundó ao pé das montanhas catarinenses porque sua mãe é originária daqui. Citou alguns lugares reais de Berlim, ruas da cidade, monumentos, museus e bares noturnos. Se é verdade não sei. Com a Liliane, a fronteira entre comédia e tragédia pareceu tênue e tímida.

A terceira encenação, há uns quatro dias atrás, foi na Kolvitzstrasse. O cuco piou no horário previsto e, dessa vez, a soleira da casa-relógio mostrou um pirata mal encarado com tatuagem de caveira no pescoço abraçado a um roqueiro cabeludo de óculos escuros segurando uma guitarra vermelha nas mãos, ambos abrindo e fechando a boca num esgar medonho. Feliciano, contrariado por alguma coisa muito séria, rogava praga e dizia palavrões violentos, o punho fechado riscando a rua berlinense. Até quase o fim da terceira e última folha da peça não se conhecem as razões do ódio e da raiva. Passado para trás na herança de família? Traído pela namorada ou pelo namorado? Enganado nos negócios pelo amigo mais próximo? No último parágrafo, ou último ato, Feliciano devia olhar para um espelho onde vê, refletido, um rosto peludo, tal um lobo ou um gorila. Não, não sou um animal, repetia Feliciano. O conflito entre a participação do sujeito e a referência visual arrebentava o peito do rapaz recolhido pela ambulância na frente do "Love Uisqueria". Ao invés da harmonia esperada diante da sua própria imagem, o ator via um vazio. A expulsão da imagem repulsiva não vinha substituída pela imagem desejada. O vazio criado pela incapacidade de preenchê-lo destruía o pobre Feliciano. A imagem de si não podia ser concebida. O rapaz, que até então parecia não entender muito a leitura, saiu-se com uma reação surpreendente. Mas isso é cinema, teatro ou um consultório para problemas de cuca? Compreendi ali que Feliciano se sentiu tocado pelo texto. De toda evidência Feliciano possui alguma leitura. Citou vários autores no trajeto da casa que abriga parte de Berlim até perto da sua casa no bairro Rio Velho.

A quarta apresentação foi sob a placa Kurfürstendamm. Um problema do mecanismo do relógio abriu a porta do cuco pela metade, enquanto um esbelto maestro regia uma orquestra de violinos. A mão tremia, a batuta tremia junto, o mecanismo roncava. Marisa lia uma peça passada num circo. Cena de palhaço. Ela ria dela própria, de repente me dava as costas aplaudindo como se fosse plateia. A cena contagiava, dei boas risadas e gargalhei algumas vezes. Marisa, garota da noite, exibia o batom escarlate borrado, a língua pastosa, parecia uma artista profissional. Viva a alegria, viva a festa, viva a animação. Viva, eu gritava em coro. No final, ela fez o clássico gesto de agradecimento com o corpo curvado, acenou para o público só visto por ela, e foi sentar no chão sob a Kurfürstendamm. Continuou a rir alto, fez trejeitos e sorrisos de *selfies*, pediu que tirasse fotos. É para o meu *book*, esclareceu, convicta. Com a explicação que lhe dera na entrada no sótão sobre o cenário berlinense, ela arrematou com o grito Viva Berlim! Marisa não vomitou mas dormiu, pesada, no carro até uma casa simples numa estrada de barro onde mora, com um filho, a mãe e a avó e dois cachorros, ainda detalhou. A última frase, ela já fora do carro, tinha um ar de justificativa, algo como informando que a busca do equilíbrio dos desejos, praticada por ela, significava também o desejo de regulação das funções sociais. Eu é que estou interpretando a frase, ela parece ter dito isso, mas com outras palavras.

    Estava em Berlim com o meu pai motorista de táxi, as ruas fervilhavam, era primavera, pessoas se beijavam, meu pai sorria. O chamado destemperado do chefe das ambulâncias em plena madrugada me empurra para o outro real.

A CHEGADA

Henrique Rodrigues

O polonês Leonard Kaczmarkiewicz desembarca no Brasil, fugindo da Primeira Guerra Mundial, em 1920. O Brasil é lindo, pacífico e novinho. E o Rio de Janeiro especialmente. Essas praias brancas e compridas, o litoral verde, o tom de azul do céu são maravilhosos vistos do navio. É primavera, e ainda faltam alguns meses para que o calor chegue com toda a força. Mas ainda assim Leonard já está suando assim que pisa na cidade.

Estou suando frio, acho que é por estar há tanto tempo no avião. Não consegui dormir durante tantas horas. Anunciaram em inglês e alemão que estamos para descer. Só entendi em inglês. Pela primeira vez, agradeço pelo cursinho feito lá na comunidade. Vista de cima, Berlim é linda nesta época. Mas acredito que durante o ano inteiro deve ser bonita. Será que neva? Provavelmente, mas isso o Google pode me dizer depois. Soube que tem aqui, apesar dos prédios, mais de 400 mil ruas com árvores, fora os parques e outras áreas de proteção. E eu é que sou de país tropical!

Leonard não traz muito dinheiro. Não era rico na Polônia. Mas no Rio de Janeiro o que tem é suficiente para comprar um bom pedaço de terra. A Serra da Misericórdia custa uma pechincha pelos seus 40 quilômetros quadrados. É um tempo e um espaço de sossego nesta vida.

Desembarco no aeroporto de Tegel sob olhares frios. Não desaprovadores, apenas frios. Há uns anos, preto passou a andar de avião no Brasil, e isso ainda incomoda por lá. Mas aqui parece que me olham do mesmo jeito como olham para um japonês, russo ou mexicano. Quase com indiferença. Prefiro assim.

Apesar de falar bem o português, ninguém consegue pronunciar "Kaczmarkiewicz". Por ter tantas consoantes no nome, Leonard é apelidado de Alemão. É um boa praça o Alemão. Olha a Segunda Guerra de longe, não quer saber de nada disso, ainda que alguns descendentes de comerciantes lusitanos já o associem ao nazismo, mas apenas em tom de zombaria.

Espero o meu mochilão chegar na esteira. Ajudo uma senhora a pegar a mala e ela agradece em alemão instintivamente, mas depois de me olhar repete em inglês. Devo parecer um típico negão americano, alto e magro. Ela não reparou que não uso cordões grandes e camisas largas com estampas de time de basquete? Até explicar a ela o que é ser brasileiro... Deixo para lá, até porque eu também não sei. Sigo as orientações que me deram e vou até onde sai o ônibus. Em quarenta minutos devo chegar ao Centro de Berlim. Não vejo a hora de andar pela cidade.

A cidade vai se desenvolvendo e, no fim de 1951, Leonard decide lotear o terreno e colocar à venda. Os funcionários do comércio e da indústria compram e começam a se instalar no morro. Embora sejam casebres, o Alemão consegue deixar tudo em relativa ordem. Afinal, os alemães são assim, metódicos.

Desço na parada do ônibus. Respiro com calma o ar mais frio. Olho para as pessoas andando com pressa e sinto que no fundo toda cidade grande tem disso um pouco. Não sei o idioma, e sempre que me dou conta disso me lembro do meu pai repetindo a mesma piada: "eu aprendi 'a ler mão'. Olha aqui, essa é a linha da vida, essa é a do dinheiro..."

Leonard morre em 1974, depois de passar os últimos anos evitando que a Serra da Misericórdia, já chamada por muitos de "Morro do Alemão", fosse invadida e ocupada. Em pouco tempo, alguns subdividem os lotes e vendem, alugam, criam pequenas lojas, bares, a vida pulsa e se multiplica com o jeitinho brasileiro.

A família Windisch me espera. Não foram me pegar no aeroporto porque estão no trabalho, rigidamente, mas irão me ver na hora do almoço. Antes de ir para lá, quero andar um pouco aqui sozinho. Não devo demorar, mesmo porque também estou ansioso para conhecê-los. Chego ao Portão de Brandenburgo, mas meu objetivo é ir até o Museu do Holocausto. Quero tentar entender.

O que deveria ser simples se torna complexo, eis a vida. Ao Morro do Alemão se juntam Itararé, Joaquim de Queiróz, Mourão Filho, Nova Brasília, Morro das Palmeiras, Parque Alvorada, Relicário, Rua 1 pela Ademas, Vila Matinha, Morro do Piancó, Morro da Baiana, Estrada do Itararé, Armando Sodré e Morro do Adeus.

Acho que brasileiro tem dificuldade de dizer adeus, pois sou tomado por uma estranha saudade que não deveria sentir. Vejo esses blocos de concreto cinza. Parecem uma miniatura lá da comunidade, cheia de casas, mas bem no estilo alemão, sem os tijolos e reboco cheio de tinta velha aparecendo. Ordenadas, simétricas. E o silêncio, coisa que lá não tem. Uma família de turistas faz mais barulho, fotografando e falando alto, com crianças pequenas que não se comportam por não terem consciência de onde estão. Sorte a delas. Mas os pais não demonstram impor nenhum respeito. Parecem americanos, disparando seus *flashes* sem se preocupar muito com o entorno.

Após anos de guerras entre traficantes, o projeto de pacificar o Complexo do Alemão em 2010 dá certo. Com exceções, naturalmente, que não saem na imprensa. Quase nada se noticia, por exemplo, sobre o casal morto num dos conflitos, talvez porque não se sabe ao certo se as balas vieram de policiais ou de bandidos – ou tudo misturado. O filho único, primeiro da família a entrar na faculdade, fica revoltado e sem rumo. Larga tudo pouco antes de se formar.

Pouca gente acreditava que aquela gringalhada toda que invadiu a comunidade com seus "projetos sociais" realmente estava fazendo um trabalho sério. E que um filho do Alemão poderia ser adotado aqui. De repente esses acontecimentos errados algumas vezes conduzem a coisas certas. Vai saber? Os Windisch tentaram, mas nunca tiveram filhos, e agora recebem um estalando de novo, com 23 anos e tudo pela frente. Mas também com coisas que deixo para trás. Agora vou para a minha nova casa, e ando pela cidade sem falar com ninguém, mas compartilho com esse povo pelo menos um sentimento. O de tantos mortos que, mesmo sem ter feito nada, carregamos conosco durante todo o tempo.

AUFERSTEHUNG

Ieda
de
Oliveira

Johann... JOHANN... JOHANN... JOHANN....
Olhos confusos e empoeirados sob escombros. Hasso quase a meu lado parece não ter ouvido o chamado. Tento me mover aos poucos me arrastando em direção a ele, que parece dormir indiferente a meu esforço.

Apoio-me em torno de uma claridade frágil buscando reconhecimento do espaço. Percebo num *flash* de luz o que deveriam ser minhas mãos. Elas tremem, mas não sinto medo. Observo-as. Pele flácida em superfície seca onde veias se expõem opulentas. Toco meu rosto. Pressinto um desconhecido. De onde essa barba imensa, essa falta de carne em superfície rugosa e irregular. Alguém habita meu corpo.

Reajo e levanto pra enfrentar o inimigo. Minhas pernas, finas e frágeis, são dele. Tento arrancá-las e gritar pra assustá-lo, mas ele ignora e me arrasta pro chão. Tenho quinze anos. Sei disso e sei também que sou músico. Meu cello. Ele sabe disso. Onde está meu cello? Hasso, acorda, cão imprestável! Faça esse intruso deixar meu corpo em paz. Hassooooo! Acorda!

Seus olhos. O que aconteceu com eles, cão cansado? Onde o azul? Onde a luz? Precisamos sair daqui. Vamos os três. Eu, você e o corpo.

Está ouvindo? É meu cello. A suíte 1. Venha! Corra Hasso, ela está chamando, suplicando por mim! Ouça o prelúdio. É o momento de desdobrar o intocável!

Sempre fomos assim. Eu tocando e você ouvindo

roendo compassadamente meus chinelos. A qualquer erro meu, rosnava como grande entendedor de Bach. Metrônomo comedor de salsichas, isso que você é, cão sarnento. Vamos, a música não pode esperar.

Estamos na rua? Quem são essas pessoas estranhas que caminham com a perfeição dos que sabem aonde vão? Quem são essas pessoas Hasso? Cheire-as, cão imprestável, faça alguma coisa. Ich kann verstehenicht! Ich kann verstehenicht! Eu não consigo entender.

Preciso encontrar meu cello. Preciso ir ao meu quarto, minha casa. Minha casa? Mãe. Ela está me chamando. Preciso correr.

Kudamm, estrondo de pó. Estamos em guerra. Estamos em guerra? Corra Hasso, corra! Aqui. Venha. Junto. Ninguém nos alcança.

Mein Haus. Estaremos seguros. Só preciso chegar até ela. Ultrapassar essas pessoas que caminham na certeza. Você sabe onde estamos? Eu não consigo entender essas cores em movimento. Quando essa massa se fez luz? Responda, cão imprestável. Olha. É aqui. Mas porque essas janelas sem cortinas? Quem deixou de habitá-las?

Mein Haus. A escadaria é essa. Porta encostada. Corredor enferrujado de tempo. Meu quarto descortinado no vazio de uma árvore seca. Meu cello. MEU CELLO!!! Veja, Hasso, é ele. Preciso, afiná-lo. Minha cadeira. Lembra? Vamos às nossas posições: eu coluna reta... você sob meus pés.

O que há comigo, Hasso, que não me obedeço? Olhe pra mim. Esses braços. Por que parecem asas quebradas? De onde esse apossamento indesejado veio sem que eu pedisse? Preciso dos meus acordes, Hasso. Preciso respirar. Seguiremos os três. Eu, você e o corpo. Há de haver algum canto onde sejamos possíveis.

Não sinto as horas. Anoitece vazio. Preciso de um café. Desesperadamente. Entremos nessa cafeteria. Não é Zimmermann, mas o som da cantata cortará nosso silêncio e nossa alma vagará no odor engraçado do diálogo de Schelendrian e Lischen. Pressinto o sorriso. Mioclonia?

Minha mãe. Lembra Hasso? Tão apaixonada por café e Bach. Por conta disso herdei um nome. Apenas ele. O talento se diluiu no sonho da vontade.

Este leite é pra você. Pão e leite reduzem sua fome. Devagar... devagar...

Caminhemos agora. Em algum lugar encontraremos o Portão de Brandemburgo. Sigamos o acorde. Eu, você e o corpo. Estamos prontos, Hasso, estamos prontos para a travessia.

DANÇA SEM MÃOS

Jéferson Assumção

Na manhã daquele dia, ao emergir da estação Potsdamer Platz, o analista de investimentos Thomas Koch estancou na frente de uma parede de vidro com as mãos à cabeça. Segundos depois, quatro ou cinco, de terno e gravata, também paravam. Uma mulher ajeitou os óculos para enxergar melhor. Um rapaz coçou a barba com a ponta dos dedos. Outro, olhos muito abertos, comentou algo em seu ouvido. À medida que descia das linhas de trem e metrô, no centro financeiro de Berlim, mais gente ia engrossando uma pequena aglomeração. Um senhor apontou um detalhe, chegando com a cabeça perto do ângulo de visão de uma mulher com uma flor no chapéu de feltro. Abriam bocas, levantavam os ombros, e havia quem não segurasse um riso nervoso ao se deparar com a gigantesca imagem de uma criança indiana sem a perna esquerda, deitada na calçada.

Era um menino escuro, de costas, sujo, magricela. Dormia na rua, enquanto uma multidão passava por trás dele, num dia ensolarado de Mumbai, na frente da impressionante Victoria Station. A imagem ondulava em um de quatro gigantescos *banners* de tecido, de 10 por 18 metros, que pendiam do alto dos edifícios da praça. No da direita, um corvo abria as asas numa rua caótica. Em um dos centrais, *dalits* se espremiam no enquadramento, pedindo algo com as palmas voltadas para o espectador. E, apertando um pouco os olhos, Koch percebeu, à sua esquerda, a imagem de um grupo na entrada da Ilha de Elephanta, em Mumbai, a maior cidade da Índia. Eram reproduções bonitas daquelas fotos que ele fizera há mais de dez anos, quando era um promissor fotógrafo amador. E Koch não tinha a menor ideia de como é que podiam ter ido parar ali.

Thomas Koch levantou a gola do casaco por causa do vento frio, e seus olhos azuis percorreram mais uma vez a pele seca do garoto sem camisa, até a humilhante nádega esquerda que aparecia sob um rasgão na bermuda. Ficou assim, por mais dois ou três minutos, quando um rapaz negro, de casaco Armani e cabelo *black power*, chegou. Perguntou:

– O que você acha disto, Thomas?

– Hã?

– O que você acha?

– Eu não sei o que pensar ainda.

– Eu levei um soco! Tem gente que gosta e gente que está com medo – disse Johann.

– E como você sabe?

– Está nas redes, e deu hoje de manhã cedo na tevê.

– Já vi essas coisas na Índia. Aliás, exatamente essas coisas na Índia, mas é chocante aqui.

– Realmente, chocante – e o jovem negro olhou mais uma vez para os painéis.

– Aqui, onde, sabe *Jo*... Onde elas não deveriam estar.

O colega de trabalho fez um trejeito com a boca e respondeu:

- Só que estão por toda a parte, *Thom*.
- É? Onde?
- Vim de lá. Tem várias - fez um gesto longo indicando a Ebertstrasse.

Thomas franziu a testa. O amigo prosseguiu:

- São quinze *banners* gigantes. Foram pendurados nesta madrugada. É uma intervenção ativista nas fachadas de prédios. Privados e públicos. Eu achei um horror! Olhe aqui, *Thom*. Fizeram até um manifesto, um negócio de mau gosto explicando a coisa toda.

Koch estendeu sua mão gelada, ossuda, até o celular que Johann lhe mostrava. Ele leu a nota divulgada pelo Twitter, assinada por um grupo chamado Filhos de Ganesha. Johann recebeu o telefone de volta. Apontou seus olhos para o colega de trabalho e o enlaçou pelo pescoço, com um ussurro:

- Eu simplesmente não sei mais o que dizer. Há uns tempos atrás eu consideraria isto arte. Hoje, para mim, é bizarro. Sei lá, essas coisas que andam acontecendo. Estamos sendo atacados por todos os lados. A Alemanha, a Europa, o Ocidente. Você entende? Eu estou com medo, *Thom*. Eu ando com medo de tudo - afastou-se e segurou a mão do amigo, que lhe retribuiu com a palma da sua em cima.

- Com medo até de uma exposição de fotos, de uma intervenção artística? - e Koch apontava o indicador fazendo um pequeno círculo no ar.

Johann olhou sério para ele e retomou:
— Mas expor essas coisas deste jeito na nossa cara?!
Veja: esse deus deles, o Shiva. Ele é o deus da destruição, *Thom*. Está escrito na nota.
— Eu não entendo dessas coisas. Estive lá só uma vez, com o Friedrich. Só fumei haxixe e fizemos sexo o tempo todo.
— Bom pra você e pro Friedrich.
— Pra mim, pro Friedrich e pro nosso guia. Um cara chamado Arjun. Vamos! — e caminharam em direção ao edifício do escritório.

Thomas olhou mais uma vez para as fotos e deixou escapar um sorriso para si mesmo. Johann perguntou:
— Sabia que o olho no centro da testa de Shiva tem o nome de "olho da destruição"? Imagine, *Thom*, se não é para ficar preocupado com isso! Mas diz aí, como é o haxixe de lá?

Das janelas de seu escritório, era possível ao gerente de negócios Friedrich Stüller enxergar, numa enorme foto pendurada no prédio à frente, a lisa baía de Mumbai. O gerente pegou o telefone e ligou para o segurança, para saber o que estava se passando. O que fazia ali aquela fotografia estampando o chamado Portal da Índia, construído pelos ingleses? Uma centena de pobres religiosos aguardava a próxima viagem de uma das embarcações. Iam para a Ilha de Elephanta, adorar a Ganesha, o deus elefante que representa, por seus feitos, a inteligência e a sabedoria.

– Para os hindus, Ganesha, primeiro filho de Shiva, é o símbolo da lógica e, também, o deus das boas fortunas... – o responsável pela segurança terminou de ler do outro lado da linha.

Friedrich Stüller ouviu as explicações olhando através das imensas vidraças o rosto de um homem escuro, que se destacava na multidão fotografada. Atentava para, bem ao centro, o que parecia um religioso com uma bolinha de tinta vermelha na testa. Parecia-se muito com ele próprio, mais jovem, mas da mesmíssima maneira que ficava quando não raspava o bigode. Apoiou as pontas dos dedos da mão direita no telefone e esperou um pouco, pensativo, olhando para o homem arrebatado. Tamborilou alguns segundos mais, respirou fundo, pegou seu maço de Gauloises de cima da mesa e saiu.

O vento gelava pela proximidade do rio Spree. Stüller, que tinha ido até ali em lentos quinze minutos, pela Französische Strasse, fechou-se novamente dentro do carro e atravessou a Ebertbrücke. Virou a esquina à direita e, de repente, uma rua inteira de Mumbai, tomada de casas miseráveis, surgiu para ele. A fachada do prédio do Bode Museum estampava um imenso bebê com uma camisa feita de papelão, chorando no colo da mãe.

Outra, mostrava uma vaca muito magra mastigando jornais numa rua. Havia corvos num segundo plano e uma criança em uma cama no meio da rua. Stüller estacionou e acendeu um cigarro, olhando para aquelas que eram, sem dúvida, fotos muito bem tiradas.

O espírito capitalista da *Potsdamerplatz*, para onde Stüller retornou em seguida, é protegido por enormes edifícios que ajudam a manter o sistema financeiro alemão. A engenheira Sabine Moser pensa que eles trazem sorte para os seus negócios e, como uma espécie de superstição, passa todos os dias, desde que começou a trabalhar lá, há mais de cinco anos, as pontas dos dedos no vidro gelado de um deles, em cujo terceiro andar está sua sala. Entretanto, por causa do que viu naquele dia, ela acabou esquecendo de seu pequeno gesto de fé e só se deu conta quando já deixava a bolsa em cima da mesa.

– Oh, esqueci! – disse para si mesma e desceu batendo os saltos nos degraus até a rua para ver sua mão aproximar-se da vidraça. De lá, vislumbrou, virando o pescoço, ainda com a palma na parede de vidro, um prédio completamente tomado pelo trânsito caótico e seus ônibus velhos de dois andares, idênticos aos de Londres dos anos 1940, antes da independência da Índia. Um policial ordenou que ela saísse de onde estava.

Funcionários da prefeitura puxavam imensos rolos de tecido pela calçada isolada.

Do Sony Center, uma mulher estendia a mão. Algo muito simples. Uma foto e legendas curtas: "Irmã Berlim, toque-me! Na Índia vivem mais de 200 milhões de *dalits*", "Cidades geminadas: um milhão de pessoas moram nas ruas em Mumbai", "Berlinenses! Seis milhões de pessoas dividem favelas na sua cidade irmã". Embaixo, vinha o nome da exposição: *Berlim-Mumbai: O abraço de Shiva*. Stüller estacionou o carro numa via lateral e ficou lendo aquelas frases.

– Uma ideia simples e chocante ao mesmo tempo. É a expressão de como o mundo funciona e como a sociedade europeia não tem a menor ideia do que se passa lá fora – explicou na tevê, com ar levemente afetado, a analista política Petra Schwarz. Friedrich Stüller recolheu o prato sujo e o copo manchado de suco de laranja para leva-los à cozinha. Desligou a televisão e dirigiu-se ao quarto.

Stüller bocejou e espreguiçou-se antes de livrar-se dos chinelos e meter-se sob os lençóis, o coração como se estivesse frouxo. Cobriu-se até o pescoço, e ficou a olhar para o escuro por uns segundos. Só então esticou a mão e alcançou o maço, já quase no fim, na mesinha ao lado da cama. Acendeu o último cigarro da noite e ficou vendo a brasa crepitar e os fantasminhas de fumaça, de tempos em tempos, aparecerem e sumirem na escuridão. Pensava nas imagens, em especial em seu retrato em frente ao escritório. Que ousadia de sua parte! Fazia tempo que Thomas tinha feito aquela foto, em uma das famosas cavernas da Ilha de Elephanta, naquele dia em que eles conheceram Arjun.

Apagou a luz do cigarro no cinzeiro de vidro e se deitou de lado para dormir. À medida que pensava nele, via surgir com cada vez mais realismo a fina proa do barco que cortava com suavidade as águas da baía de Mumbai, entre cantos de alegria e uma confusão de fumaças de incensos aromáticos. O barco deixava para trás o Portal da Índia. À sua esquerda, Stüller via os navios de guerra cinza-escuro, menores a cada quadro. Sentado em um banco de madeira, o homem da fotografia ouvia o monótono ritmo em uma tabla. Stüller então sentiu tocar-lhe no meio da testa, rápido como uma bicada, um dedo delicado. Arjun, o guia de cabelos negros e roupa branca, sorria-lhe. Logo mais, apontou com seu único braço a Ilha de Elephanta, que começava a crescer no horizonte e se ampliava a cada metro. Pouco depois, a ilha refletiu-se plena no espelho liso da baía com suas íngremes escadarias entre as árvores.

Stüller, Thomas, Arjun e mais uma multidão vestida de branco arrastaram as sandálias com dificuldade pelos degraus de pedra até as cavernas repletas de deuses esculpidos. Lá dentro, no escuro, as divindades se sucediam uma a uma brotando das paredes escuras, ressuscitadas pelas lanternas elétricas dos visitantes. Ganesha estava lá, Vishnu e outras. Foi de repente que Stüller viu brotar da parede – como se o facho trêmulo da lanterna o limpasse da escuridão – um Shiva com braços decepados. Nele, em vez dos costumeiros quatro membros superiores em que aparece em muitas representações antigas, havia apenas dois. Bonitos, longilíneos. E nus.

Aquela imagem entristecia-lhe, mesmo ainda sem imaginar a história por baixo dela, ou seja, de que os outros dois haviam sido extirpados no século xv, estourados por tiros dos portugueses. Havia também um Ganesha carcomido, as paredes sujas e as marcas da destruição ocidental.

– Percebam aqui que eles interromperam a dança cósmica de Shiva – o guia falou, apontando a mão direita para a parede escura. Stüller olhou saindo da outra manga da camisa de Arjun um toco, como uma enguia cega e enrijecida cauterizada na ponta, que acompanhava de forma automática os movimentos do outro braço.

Era um homem jovem, de olhos brilhantes e bigode espesso, muito sorridente. Almoçou com eles, jantou, ofereceu haxixe e depois dormiu no hotel em que estavam hospedados. Havia falado que estudava História na Mumbai University e que ele e uma dezena de amigos tinham um sonho.

— Queríamos fazer uma exposição mostrando a destruição promovida pelo capitalismo no mundo bem no centro financeiro da Europa — ele disse, descrevendo um círculo abrangente com seu único braço, o pedaço do outro se mexendo ao lado do rosto de Stüller.

— Se você quiser fazer isso, mesmo, terá que ir a Londres.

— Ou a Frankfurt — completou Thomas, os olhos diminuídos pelo fumo.

— Berlim já estaria bem, para nós. Não sei se vocês sabem, mas a capital da Alemanha é uma cidade irmã de Mumbai, uma cidade geminada com a capital do Maharashtra.

— E o que isso significa? — perguntou Thomas.

— É apenas uma designação política e cultural, que teoricamente nos ajudaria em termos de intercâmbio. Mas não é o que acontece na realidade. Ocorre que temos gente lá em Berlim, pequenos comerciantes, estudantes, artistas — o indiano falou, deitado no meio dos dois, a alcançar o cigarro de haxixe de volta para Thomas. Com o polegar, o indiano passava as fotos numa já velha Canon que, no dia seguinte, Thomas deixaria para ele de presente, depois de copiar as imagens num disco.

— Essas fotos estão ótimas. A maneira como as pessoas olham para vocês é diferente de como nos olhariam se estivéssemos no mesmo lugar.

A certa hora da madrugada, Thomas colocou um CD. Stüller convidou Arjun e, quando ia dançar com ele, pegou no seu braço sem a mão, movimentando-se ambos sem jeito de um lado para outro. O jovem parou seus movimentos e recostou os bigodes ásperos em seu peito. Thomas disse que queria experimentar também. Riram, fizeram aquilo de novo, dançando, abraçados os três, nus e um tanto moles do efeito entorpecente.

A mesma sensação vinha de novo a Stüller. Virou-se para o outro lado, olhos fechados. Em sua memória, o jovem Arjun sorria, ainda no barco, ao som da tabla cada vez mais rápida, e a monótona cantoria em *maharashi* ao fundo. Na cama, Stüller suava, contorcendo-se numa sensação entre acordado e dormindo. Pouco depois, ouviu a porta do quarto abrir-se. Arjun entrou, tirou os sapatos e toda a roupa, tentando fazer silêncio para não acordar Stüller. Estava deitado de costas para ele, olhos abertos no escuro, quando recebeu o toco de um abraço no pescoço.

ESBOÇOS DE UM QUARTO MINGUANTE DE LUA

João Guilhoto

Fluído de cabeças. Vi-as com o rosto virado para trás, talvez em modo de dúvida. Todas elas, essas cabeças, tão semelhantes à minha no mesmo sangue que nos desune, sustinham-se seguras por cima de corpos na espera. Impaciência: esperar apenas, concentração naquele pedaço de tempo relegado às coisas inúteis. Sim, exactamente, pedaço de tempo: eternidade solidificada, quase palpável, presa entre todas aquelas cabeças viradas para o mesmo sentido: aquela porta, entrada ampla para o altar da noite, que emitia ondas sonoras repetitivas, impulsionadas directamente aos corações. Como uma bênção. E eu, que também me sabia crente, levei eu próprio a garrafa aos lábios. "Bebe tudo agora, José". A cerveja caía com estrondo no estômago. "Bebe tudo antes de vir o resto", era o aviso do Olof. Voltei a olhar para trás: as cabeças sem se desviarem da coerência da fila. "E se não entramos? Não seria a primeira vez", proclamou o Gunnar. E nós sem nos desviarmos da direcção da porta, que se abria e fechava, quebrando os estilhaços de eco sofrido dos baixos com fragmentos da música. "É o som da guerra em tempos de paz!", gritou o Olof. "E agora a dose em forma de coragem", disse o Max, "é a preparação. Estamos quase lá".

 A porta aproximava-se, trazida até nós por um quarto minguante de Lua. No meio de todas aquelas cabeças, compúnhamos um quarteto de companheiros, pequenos crentes na ordem do caos. Senti o punho do

Max no meu abdómen. "Levanta a cabeça, José, e engole isto com o resto da cerveja". "Já?" "O corpo é lento. Tomamos já". A voz do Max projectou as nossas cabeças para o Céu, cada um segurando um quarto de um círculo perfeito daquela substância mágica. "É a nossa estrela, bem dividida", disse o Olof. E a porta cada vez mais próxima.

Dedo do gordo é quem manda, autoridade sem voz, pedaço anatómico que empurra corpos à distância, representante de uma autoridade visível: a rotundidade ameaçadora das formas que se prolongam à retaguarda do dedo e, no topo, aquela cabeça de lansquenete preparada para um golpe certeiro na ironia de um crente rebelde. Olof, Max, Gunner e eu, sem voz empurrados para longe daquela porta que prometia a continuidade avassaladora dos corações pela insignificância da noite. Enquanto o resto do Mundo dormia, nós queríamos adormecer sem dormir, dar ao corpo uma folga ao seu comando nesse reino de letargia, dentro desse templo, com movimentos de cabeça em obediência à litania dos subwoofers. Mas o gordo disse que não.

"E agora?", gritou o Gunnar, "E agora? Com isto já em processo aqui dentro". "Entraremos noutro lugar", respondeu o Max. "Mas eu queria entrar no Berghain", contestou o Olof. "O gordo é o guardião da noite, Olof. Ele é bem claro", era a voz do Gunnar que parecia lançada por aquele quarto minguante irónico da Lua.

Relegámos para as pernas o primeiro impulso. Passámos ao lado daquele fluído de cabeças por baixo da noite fria. Agora já não via a semelhança entre elas e as nossas, mas uma mudança fundamental: a atenção investida na espera. Para elas, ainda o templo. Para nós, a fuga.

"Um táxi!", propôs o Max lançando-se sobre a estrada. Corríamos. "Para o Tresor! *Schnell*!"

Pneus sobre asfalto. Lentos. Imitações de Sol nos lustres da cidade, pigmentando no rosto do Max, sentado à frente, a sua palidez de laranja. As mãos já letárgicas, assumindo a leveza da sensação de se ter alma. E a mão do Gunnar ajeitando o meu cabelo. "José, estás bem? Não pareces bem", falava na intermitência de sorrisos do domínio de outro mundo. "*Die Offenbarung*, lembram-se?", perguntou o Olof num berro. "Oh", respondi abraçando a delicadeza do Gunnar. "*Tresor habt ihr gesagt?*", o motorista participava, "*geschlossen!*". "Fechado?", gritou o Max, "helvete", suspirou em sueco, "fico já aqui!", anunciou abrindo a porta. Paragem brusca e ali em frente ao Spree. "Max!", gritámos a rir, "em andamento, Max?"

Do motorista um quase-abraço pedindo a conta como se pedisse a vida. E eu só me fixava no reflexo da Lua no leito do Spree. "A Lua", disse. "Não, José", ria-se o Olof, "é o reflexo de candeeiro", continuava rindo-se. O Gunnar lançou-se para cima de um banco na marginal. O táxi fugia para um reduto menos entusiasmado da cidade. O Max levantava os seus braços ao céu. "Por clemência", disse ele, "afinal isto é Berlim e nós estamos aqui para nos redimirmos. Deixemos que seja este Spree sem música o testemunho do nosso abraço fraterno".

Sentado no banco em frente ao Spree, o Gunnar preparava um discurso. "Música", disse ele por fim, "aquela do Berghain, corpo que sobe e desce sem sentir a elevação física desse movimento: esquecimento, pesadelo voluptuoso. Não existe espaço para a moral. Os ouvidos não ouvem, assimilam apenas sons rítmicos, como a pulverização da terra, convulsões vulcânicas, talvez apenas um relógio assinalando os segundos sem enganos rumo ao fim. Sentir o tempo passando na sua estagnação, com a mente em comunhão com algo profundo, algo que em vez de me transportar para o Éden, como o réquiem de Mozart, amava e me frutificava a mente para baixo. Regresso à terra, através dessa superficialidade de música feita de ritmos, de batidas cardíacas, de ruídos de fábrica. Alucinação consciente como uma felicidade distinta da felicidade etérea das *Lieder ohne Worte* do Mendelssohn, do *Winterreise* de Schubert, ou do *Sketches of Spain* de Miles Davis. Felicidade regressiva, decadente, subversiva, uma felicidade negativa, no meio de toda a gente para fazer parte da massiva alucinação, aproximação animalesca temporária à vida. É a clarividência da decadência."

E depois as gargalhadas, maléficas, como se surgissem do interior do tempo, elevadas a partir de um Spree cheio de sangue. As pernas do Gunnar começaram a içar-se do chão como plantas tristes brotando de terra estéril. E eu vi tudo a acontecer como se espreitasse através de um vidro espesso. E ouvi o discurso do Gunnar como se escutasse o Absoluto tentando imitar o Absurdo num *comedy club*. "Achas que tem piada, José?", perguntava o Gunnar. Respondi com um avanço fingido para dentro do rio. Gunnar lançou-se para me salvar. "Meu deus", disse ele, "o corpo é tão frágil, não é?" Ao longe, distinguimos, por entre dois feixes frouxos de luz, as silhuetas do Olof e do Max praticando tai chi.

"Venham!", gritaram. Segui abraçado ao Gunnar tentando desenhar uma linha perfeita no passeio. "Vamos correr", propôs ele. Corremos então, ofegantes. A corrida parecia-me coerente. Corria com a sensação de me estarem a oferecer a possibilidade de me aproximar de um segredo. Vi no rosto do Gunnar uma felicidade que não sabia existir, uma felicidade pesada, quase triste.

"Isto é bom demais, Gunnar", ouvi eu a minha boca dizer por detrás do corpo feliz, "como é possível que... isto faça isto, faça eu querer tudo isto, a cidade onde se morreu com tanta intensidade e agora se quer viver tudo com a intensidade que se não tem... isto, Gunnar." "Quero correr agora", gritou ele, "apenas." "E os outros?" "Eles estão ocupados com a felicidade noutros tipos de movimentos."

Parámos não por cansaço, mas por causa de uma visão perturbadora. Várias pernas submergiam a partir do chão, desenhando uma rotundidade infalível para os corpos em estado de elevação, e não deixavam dúvidas em relação à possibilidade de transformação de certos músculos. Sobre essas pernas amontoavam-se as carnes vitais dos desejos ainda não concretizados. E na sua ponta, as cabeças aprimoradas para acções doces. Soube-as imediatamente sobre mim na linha do rio. No Gunnar era quase já óbvio uma aproximação. Fê-la tão rápido que, no momento em que eu virava o rosto de me rir desbragadamente para o Spree como se evocasse o seu Passado maléfico, encontrei-o rodeado por oito mãos descontroladas sobre o seu corpo, uma espécie de Durga subitamente acessível lançando-se sobre o vazio inculto antes da criação. Chamavam-nos para a continuação da noite em apartamento desconhecido. Deixámo-nos arrastar como se fosse o próprio rio a levar-nos: braços de água carregando-nos num embalo leve e doce. Mais tarde uma porta abriu-se e fechou-se. E depois a escuridão, apenas.

De repente vi a minha cabeça caída sobre as mãos. A viagem pela parte mais feliz da mente terminava.

À minha volta, as pernas outrora desejáveis pareciam suster agora corpos disformes, quase ridículos. Elas saltavam, agarrando-se umas às outras como se aquela fosse a acção mais distinta das suas vidas. Ao meu lado, o Gunnar, que parecia ter estado a dormir, acordava sobressaltado. Primeiro levou as mãos ao rosto, como se o quisesse lavar. "Sabes o que me parece, José?", perguntou, "os pretextos para fazermos isto são tão inúteis; é uma intensidade que lhes serve de pretexto. No entanto, repara numa coisa", disse ele adoptando um rosto sério, "o que realmente nos falta é a liberdade sóbria: aquela que se sabe para sempre aprisionada". "O que fazer então?", perguntei já sem qualquer esperança. Gunnar enfiou a mão no bolso com uma força quase divina. "Roubei ao Max ainda no hotel. Tomemos outro, mas agora não apenas um quarto. Tomemos um inteiro cada um".

Empurrámos a dose para dentro da boca e levantámo-nos com a certeza absoluta de elas ainda estarem ali e de ainda querermos ser livres.

O VELHO KLAUS NÃO CORRE NA AUTOBAHN...

Katia Gerlach

Klaus despejou o saco de sapatos na minha frente, sobre a mesa onde recém fizera a refeição matinal, a mesa ainda umedecida pelo pano de feltro que ele usa para remover as migalhas do Brotchen, fugitivas do prato metálico. Desde muito, o velho Klaus olha para os meus pés como se quisesse dimensionar um território, definir algo sobre mim. A princípio, o modo como os seus olhos fitavam os meus pés geraram desconforto mas, ato contínuo, pensei que as botas de couro gasto, os saltos pela metade porque piso torto, a aparência dos calçados não suscitassem atrativo algum para um moribundo como o velho Klaus, alto, esguio, com o sorriso borrado de saliva cremosa e branca que bolorecia numa irritação subcutânea nos dois cantos da boca; ele vestia a camisa de flanela entreaberta deixando despontar o cabelo do peito em pelos tão negros quanto os que cobriam as suas mãos e dedos, não estava grisalho de todo.

O saco encontrava-se entre nós, enrugado, exalando mofo e uns pares de sapatos femininos tombaram sobre a mesa limpa e ainda umedecida. Reparei que os pares haviam se desvencilhado uns dos outros e o material perdera a maciez, o couro secara como a morte faz aos poucos nos homens e nas mulheres de Berlim, onde envelhecer não requer passagem pelo "Checkpoint Charlie", a grande piada do século vinte, um nome amigável para uma rua sem saída, um destino de rota perdida. Estou a ver, estou a ver os soldados que deveriam vestir-se em carmim com os seus corpos perdidos em uniformes cinzentos e tenho dezessete anos e não sei nada nem dos homens nem das guerras nem do velho Klaus e a sua coleção de sapatos antigos e usados de mulher.

Klaus remexe nos sapatos, toca-os com as mãos enquanto o seu rosto exibe a leve náusea de um homem temeroso a ser contaminado pela mulher, não disfarça a indizível aversão à proprietária morta dos sapatos, a Sigried, enterrada de corpo inteiro ou em um punhado de cinzas, ninguém sabe ao certo o desfecho de Sigried e Klaus vingou-se dela e do que dela restou ao não providenciar uma vala no cemitério central de Berlim. Entregou-a por omissão documental sua às autoridades do Estado, Sigried a ser tratada como indigente depois de morta e agora ele queria livrar-se dos sapatos dela depois de dispensar-se do corpo, das roupas, das caixinhas de faux-bijoux, dos vidrinhos de perfume (que ela se recusava a usar e que perderam a essência em cinco décadas de desuso) e outros pertences Sigried não possuíra porque o casal viveu na contingência de um orçamento predeterminado por Klaus ao aposentar-se prematuramente e decidir viver da renda do mercado de ações e Sigried especializara-se em inações até o dia da ópera bufa quando os talheres e os dividendos caíram, os copos se estilhaçaram, Sigried exigiu atenção para si; a sogra chamou a polícia por

Klaus haver ao telefone murmurado socorro à mãe, e os policiais vieram de verde, bateram na porta da casa e o Estado decretou a internação temporária de Sigried numa Klinik para nervosos e ansiosos e Klaus saiu da tocaia, ergueu o corpo e gargalhou em segredo consigo diante da visão de Sigried na camisa de força alva de tão branca a gritar pela cabeça de um gato chamado Plutão que ela acusava rolar no jardim onde Klaus e ela plantaram dezenas de pés de repolhos e cebolas para a subsistência.

É forçoso crer que os repolhos verdes afetam a saúde mental em demasiado. São de difícil digestão. Provocam cólicas nos intestinos dos mais sensíveis. Klaus e Sigried jogaram o resto das economias na compra de um terreno lateral à casa para o plantio da horta e alimentavam-se das folhas do repolho refogadas em cebolas e cobertas por um molho de extrato de carne pois o orçamento não esticava a ponto de comprarem um bife no açougue. Quando Sigried retornou da clínica, aquietara-se com os tranquilizantes e antidepressivos e não tentou dar mais dentadas nas mãos de Klaus. Sigried foi, pouco a pouco, sarando, contendo os impulsos primitivos.

Ninguém procura pelos restos decompostos e manchados de coágulos de sangue de Sigried. Sabe-se que no céu berlinense os corvos se aglutinaram em pavorosa rebelião, sobrevoam os campos da morte, desencantam a capital com o grunhido de séculos contido nos peitos de plumas arfantes de voadores que são. Céus, ó céus. À cata de sensações, os corvos pretendem causar um leve alvoroço nos pombais do belo sexo. Sigried pode haver sido enterrada de corpo inteiro ou na urna pública de cinzas, os fornos de Berlim nunca pararam de funcionar, são inocentes, no entanto; crematórios inocentes, há quem os defenda. E se o calor da fornaça desfez Sigried inteira salvo a couraça do coração e este músculo tão distendido durante a vida ainda se agita em algum canto da cidade?

Costumo servir no Café Brecht e foi lá onde conheci o velho Klaus nas tardes de outono, ele, o homem entretido com uma pasta de documentos confidenciais, a sua ligação pessoal com o jazigo adquirido e pago em parcelas até depois da vida ceifada. Daquele jazigo no Dorotheenstaedtisch-Friedrichswerdersher Friedhof, contemplaria a eternidade, com classe e estilo. Providenciara um caixão modesto e de comprimento adicional para que não fosse necessário que cortassem as pernas de seu ilustre cadáver. O velho Klaus falava de seu cadáver como se dele fosse nascer uma outra pessoa, uma pessoa essencialmente morta e diminuta. Passadas semanas seguidas em que eu lhe servia um café com leite morno e uma garrafinha de água gasosa, ele me acenou com o dedo e sugeriu que fosse à sua casa se estivesse interessada em ganhar alguns presentes, objetos que ele gostaria de doar mas que não saberia para quem. Naquela ocasião, o velho Klaus já teria medido o tamanho dos meus pés com os olhos clínicos por detrás de óculos embaçados pois a máquina de café fabricava uma sauna a vapor nas instalações do Brecht. "Você não é refugiada, pois não?", perguntou-me o velho Klaus antes de anotar o endereço e meneei a negativa com a cabeça. "Não, eu não seria refugiada". "Eu fujo de refugiados," Klaus sussurrou. "O importante é fugir", reforçou o velho.

Reparei na letra do bilhete com o endereço. Guardei-o durante semanas na bolsa e passei a viver o dilema: deveria ir à casa do velho Klaus para recolher os donativos que ele propunha? Os jornais abundavam notícias de homens de aparência inócua em manchetes de esquartejamento. O que seria de mim se Klaus se aproveitasse da visita para me abduzir e jogar os meus membros mutilados no congelador da geladeira? Por outro lado, eu divagava sobre a inocência perdida diante das barbáries noticiosas, queria preservar a minha ingenuidade, acreditar em velhos tão puros quanto o meu falecido avô. Dilacerada entre as chances de roleta russa do Mal e do Bem, perdi noites de sono, assustei-me com pesadelos na madrugada e comecei a ser consumida pela voz do velho Klaus e as olheiras negras que afundavam o meu rosto na mais perfeita angústia.

Nas vésperas de Natal, o velho Klaus apareceu novamente no Café Brecht. Desta feita, ocultava uma sobriedade carregada, via-se que algo o desolava. Ao beber o café, enfiara pela goela uma meia dúzia de pílulas e reparei que a calvície se acentuara. O velho Klaus definhava e um ar de coragem tomou-me, então. Dispus-me a ir à sua casa no próximo dia e ele agradeceu-me. Chegada a manhã seguinte, com o céu enegrecido pela noite a cobrir as ruas e as casas, os meus dois pulmões extasiavam-se pelo ar de coragem da véspera. Ajudavam-me a pedalar veloz sobre a bicicleta ruidosa que me transportava desde que eu fizera de Berlim um lugar para viver com a previsibilidade que escasseava no meu país de nascença, um país ao sul dali, na órbita de outro continente, noutra relação com os meridianos da terra, com mais luz e menos certezas. O velho Klaus estava seguro de que eu viria e aguardava-me empertigado, em frente à janela amarelada da casa cercada por repolhos. Abandonei a bicicleta apoiada na murada externa e caminhei pelo pequeno atalho cimentado que dava para a porta social. Klaus cumprimentou-me com um toque da mão e eu me perguntei que tipo de memória a minha mão gravaria na dele. Após um cumprimento de mãos, em qual das duas mãos haverá maior memória ou calor? Qual a temperatura de uma memória?

Sem perder tempo, Klaus pediu-me que o aguardasse por uns instantes e foi quando em seguida despejou o saco abarrotado de sapatos sobre a mesa e ordenou-me: "escolhe". Com dificuldade, avancei o corpo sobre a mesa e cutuquei os sapatos de Sigried, a morta, separei um sapato turquesa de verniz e pedras. "Tire as botas e experimente", vociferou Klaus, exalando o seu hálito quente. Tirar os sapatos na frente de um estranho é como desnudar-se. As sapatarias onde nos descalçamos ou as praias tem algo de sensual e mundano, este algo que eu não estava disposta a compartir com o senhor Klaus, afinal tratávamo-nos pela formalidade de "Sie", não éramos você e você um para o outro. "Gostaria de vê-la pisotear a plantação de repolhos ao redor da casa com este par de sapatos", confidenciou Klaus agora já não tão mais seguro de si, um homem desestabilizado pelo desejo, o poder que o desejo tem de enfraquecer um homem solitário.

"Faz frio e calço dois números acima destes sapatos. Sugiro que o senhor doe os pares à Cruz Vermelha", respondi resoluta e levantei-me bruscamente da cadeira. Sequer havia tirado o casaco desde que chegara e estava pronta para partir. "Preciso chegar ao Café Brecht dentro de meia hora. Adeus e obrigada, Herr Klaus!" Ao sair, com os músculos estremecidos, quase tropecei no gato negro esfregando-se entre as minhas pernas. O gato ronronava e parecia revelar que o velho Klaus de tão lento não alcançava correr na Autobahn. "*O velho Klaus não corre na Autobahn, o velho Klaus não corre na Autobahn...*", um refrão, um réquiem.

Ainda ouvi Klaus bater pesadamente com a bengala no chão. Fugi como a minhoca foge da toupeira. A minha bicicleta rangiu até que eu chegasse ao Café Brecht naquela manhã em que as luzes brilhavam mais do que o Sol minúsculo que a Lua fizera questão de apequenar por motivos lunares compreensíveis apenas pelo disco branco que manipula a noite. Em Berlim, aprende-se a ler livros no escuro. A máquina de café do Brecht produzia os mesmos humores e vapores dos dias antecedentes e a mesa habitual do velho Klaus povoou-se de outros fregueses, gente que visitava o cemitério e a nostalgia de um ente querido. Passei anos sem notícias do velho Klaus e presumo que o seu enterro tenha se desenrolado em conformidade com as instruções deixadas no diretório do cemitério central. Certa ocasião, desviei a rota da bicicleta e passei em frente à casa do velho e no lugar dos pés de repolho uma família de refugiados plantava vinhedos como se estivessem na Grécia. Tenho a sensação permanente de que amanhece apenas para os outros. Comprei um gato *gonzalo* da Espanha e reconheço no vitral de seus olhos verdes que há abelhas à procura de uma flor por dia quando chega a primavera

TROMPETE DE LATÃO

Krishna Monteiro

As citações de Roth utilizadas neste texto foram retiradas do livro *Berlim* (São Paulo, Companhia das Letras, 2006). Tradução de José Marcos Macedo. Beneficiei-me grandemente das ideias expressas naquele livro e em seu posfácio, escrito por Alberto Dines.

Na foto, o escritor caminha em suspensão no tempo. Fita um observador externo, um repórter talvez, dizendo que sorrisse. Joseph Roth, "príncipe dos jornalistas", judeu austríaco morto em 1939, caminha e sorri na imagem de meu monitor, captada na Berlim de hoje, 19 de dezembro de 2016, segunda-feira.

O escritor ignora ambulâncias, carros de bombeiros. Passa por um agente de polícia que ergue um cordão de isolamento em frente a restos destruídos de barracas. A foto mostra um policial concentrado em suas funções, quando acaba de fixar a fita amarela e preta e contém os que já se aglomeram. Talvez por isso, não tenha percebido aquele homem de textura enevoada, que salta, cruza a barreira, trajando sobretudo e chapéu.

Busco meus arquivos. Encontro outra foto, quase idêntica – a sua perna direita num passo adiante; as mãos fechando o sobretudo – tirada na Berlim de 1921, num café próximo à avenida Kurfürstendamm. Seria o Kranzler, ponto de encontro de artistas e boêmios? Imprimo a foto antiga. Coloco-a em frente a esta, tirada numa véspera de natal de 2016. Penso no que diria Roth se, ao sair do Kranzler, preparando-se para tomar o rumo de um dos vários cabarés que costumava frequentar, desse um passo em falso e por um desses lapsos temporais se visse aqui, hoje, nesta outra foto, entre nós. Nela, ao contrário de todas as demais figuras, que me parecem estáticas, tenho a impressão de captar uma aura tênue em torno dele. E por um instante penso ver um pequeno gesto esboçado, como se Roth voltasse os olhos, buscasse coordenadas. Ele fita o policial que deixou para trás - cabelos e nariz turcos -; vê uma judia - a enfermeira curvada diante de uma maca. Roth recobra o fôlego. Reconhece a velha capital Prussiana em que fixou residência em 1920, após combater na Grande Guerra. Berlim: lar de imigrantes, de refugiados como ele próprio. Reconhece as imediações da Kurfürstendamm. Não foi ali onde, há poucos dias, cruzou os olhos com um mendigo e viu sua própria imagem refletida? Lembra-se de que disse, numa crônica:

O que eu vejo é um velho com o delgado trompete de latão na Kurfürstendamm. Um mendigo cujo drama chama tanto mais a atenção para si próprio porque é inaudível. Às vezes o falsete do trompete, do pequeno trompete de latão branco, é mais forte, é mais intenso do que toda a Kurfürstendamm.

O escritor olha à volta. Procura o mendigo. Mas vê um caminhão parado no início da rua. Como não pôde percebê-lo? Sua frente está amassada, e, a julgar pela posição do veículo, por outros policiais que em torno dele se aglomeram, pensa tratar-se de mais uma das muitas colisões nesta cidade na qual bondes e o tempo e cavalos dia a dia aceleram pulso. O instinto do repórter faz com que dê dois passos de retorno ao caminhão. À medida que dele se aproxima, escuta um som baixo, que reconhece, é o trompete, tenta localizá-lo mas dá de encontro com a enfermeira judia que corre acompanhando a maca. Roth esboça um pedido de desculpas. Não quis barrar caminho. Ela o ignora e corre, assim como outros, outras, unindo-se em esforços para erguer do chão volumes que parecem envoltos num brilho intenso mesmo à noite. Forçado a ceder passagem àquelas vozes e luzes, recosta-se num muro. Pensa não ser de hoje esta vertigem, a sensação de estar sem peso numa época estrangeira, sempre que caminha em Berlim.

Sim. Pedirá licença a todos, irá ao bar Tippel, descerá direto no balcão a dose costumeira de Schnapps, e com ela e as seguintes fará refluir a vaga que lhe sobe e vem por dentro desde o fim da guerra, quando retornou a Viena, logo após a queda do império Austro-Húngaro, e sentiu-se pela primeira vez fora de casa em seu país. Quando, ainda de uniforme, contemplou rostos baixos, costas curvas que ao seu lado andavam. Pôde pressenti-la, a vaga, crescendo de volume, mais forte quando o escritor tentou seguir em direção a leste, rumo à Brody, na parte extrema do império, o lugar de sua infância. Dentro do trem, pediram-lhe pela primeira vez os documentos. E deu-se conta de que o Estado que lhe ensinaram a chamar de "terra" não tinha mais nome. Que Brody, de parte de um Império com 52 milhões de habitantes, era agora apenas um ponto no mapa. Desceu do trem na primeira escala.

Sentiu-a outra vez, a vaga, correndo junto dele no caminho de retorno que decidiu trilhar naquela mesma tarde em direção a oeste: a Berlim. No vagão, reconheceu-a em rostos húngaros, tchecos, romenos e poloneses, croatas e eslovacos, submetendo-se pela primeira vez ao escrutínio de guardas em pontos de fronteira. Quando resolviam dar uma saída na companhia dele para um Schnapps numa das muitas estações até a Alemanha, Roth pensava que a nostalgia talvez lhes fosse o último e único elemento comum. Em Berlim, já uma estrela do jornalismo, visitaria seus bairros. Escreveria sobre eles:

Nessas camas acocoram-se, dormem, deitam-se, os desabrigados

Vêm da Ucrânia, da Galícia, da Hungria.

Às vezes um deles talvez reze. Posta-se no canto e sussurra, murmura.

O medo aos pogroms solda-os numa avalanche de tristeza e sujeira que, crescendo pouco a pouco, rola sobre a Alemanha, vinda do leste.

Tendo servido no Exército Vermelho, o rapaz de dezesseis anos não podia voltar a Budapeste. Então seguiu para Berlim.

O dono das barracas é um judeu russo-polonês com quipá de veludo e barba.

O tenente-coronel Bersin é um oficial russo czarista refugiado. Está desde abril em Berlim. É velho, orgulhoso e turrão. Caminha um pouco torto, mas afinal de contas o mundo inteiro está tão torto.

Onde está o czar?

Revolução!

O que eu vejo é um velho com o delgado trompete de latão na Kurfürstendamm.

Vinda do leste, não somente da Áustria-Hungria (que não é mais) mas também da Rússia (que não é mais), do Império Otomano (que não é mais), de outras terras e Estados tragados pela corrente, a vaga sobe. Na foto, o escritor parece se recostar ainda mais no muro. Vê a correria e ouve gritos que quase o derrubam e pensa que ao menos por hoje será melhor não ir ao Tippel, pois há algo de suspeito e incomum nesta Berlim na qual se esforça por se localizar, e onde talvez seja melhor dar passos prudentes. Olha para o chão: acaba de pisar numa mancha escura, líquida. Teriam se cumprido ameaças daqueles três que entraram gritando, há poucas semanas, na cervejaria? Com braços em tarjas vermelhas-pretas-brancas eles diziam falta pouco para lavarmos todos vocês com fogo, escória de Weimar, bolcheviques, pederastas, imigrantes, comunistas, e você em especial, semita, sim, você aí com essa pose, essa caneta e livro, em breve acenderemos uma pira com todas essas tuas letras que não te servirão de nada, mas não pode ser, pensa Roth deixando seu apoio no muro e começando a caminhar, em nenhum destes rostos que vejo correr aqui em sentido contrário, nesta travessa da Kurfürstendamm que até agora não consigo saber qual é, não há em nenhum deles aquela raiva calcária solidificada em vontade de destruir o espírito; há sim uma desorientação ou dúvida, que também são minhas, pensa, enquanto, seguindo o faro de repórter, vê no solo um jornal pisado, com diagramação estranha. Seria o Neue Berliner Zeitung? O Das Tagebuch? Não.

Verifica a data.

Na foto, tenho impressão de que recua como sob o baque de uma onda. Apoia-se com as duas mãos no solo, recupera o equilíbrio. Olha às suas costas, em direção à vaga que continua a vir em rajadas sucessivas e contra a qual tenta caminhar. Reconhece a igreja Kaiser-Wilhelm, suas cinco torres. Em torno dela, é difícil distinguir rostos que marcham desfilando com a mesma urgência do impulso que empurra Roth outra vez para trás (ou para frente, diria um físico judeu, admirador de Roth, recordando a relatividade do tempo). Nos rastros daquelas faces no ar ele consegue, às vezes, distinguir coros, palavras de ordem gritadas pelos três homens de tarjas vermelhas-pretas-brancas, repetidas por milhares (a mesma voz). Eles tomam toda a rua, até que no céu atrás da Kaiser-Wilhelm uma esquadrilha desce em rasantes sobre a igreja, explodindo a nave e suas quatro torres menores. Roth protege a vista contra estilhaços dos tijolos. Mas quando vai ser atingido por um deles vê brotar da terra um muro, que cresce em altura e extensão, sendo tomado e destruído, logo depois, por martelos e punhos de outros homens, que dançam e celebram, bebem, rodopiam, gritam ao redor das ruínas, do escritor. Ele fita novamente o jornal: lê, numa das páginas que ficaram bem para trás no tempo, a notícia de sua própria morte, em 1939, alcoólatra e sozinho, refém da nostalgia que só cresceu desde quando num vagão de trem na sua terra lhe pediram os papéis. Não me parece surpreso diante dela, morte. Mas sorri ao ler em páginas anteriores resenhas entusiásticas sobre os livros que ainda escreverá até 27 de maio de 1939, seu último dia.

"Talvez não tenha sido o último", pensa ao conferir novamente a data do jornal em suas mãos: 19 de dezembro de 2016. A vaga que o empurra se aquieta, estabelece tréguas. Roth percebe duas linhas negras cortando de um extremo ao outro a rua, convergindo para os pneus do caminhão e seu para-brisa em estilhaços. E ao redor e dentro daquelas marcas, no frio luminoso desta véspera de Natal, consegue distinguir pela primeira vez as expressões daqueles que lhe lembraram, de início, volumes no solo, vê como seus rostos acabam de ser cobertos por sacos de plástico dos enfermeiros, ou içados às pressas em macas. Busca então refúgio no jornal: mas, numa foto logo abaixo da manchete, pensa ter reconhecido um dos três homens com braços em tarjas que gritaram na cervejaria. Ainda que, nesta imagem de 19 de dezembro, ele use um uniforme e insígnias diferentes, a curva da boca, os olhos, sim, são os mesmos. Tais como eram os dos outros dois, que encontra na foto da segunda página: possuíam outro tom de pele, mas a mesma substância estampada. Folheia o jornal. Como se tivessem o dom da onipresença, os três homens gritam em fotos tiradas em Washington, Moscou, Bagdá, Ancara, Paris, São Paulo, e de súbito Roth se retorce para dentro em torno de uma compreensão nítida e gélida como esta noite. Confinados em sacos, estirados pelo chão entre as marcas paralelas de borracha, os volumes, em seu silêncio e diante dele, parecem concordar.

Sente crescer outra vez a vaga. Deita-se no solo, deixando-se arrastar por ela, na esperança de que o conduza direto ao caminho de retorno até o dia 27 de maio de 1939. Mas ouve um ruído. Algo cuja altura é muito menos forte que arrebentações da onda, mas que parece não se intimidar diante dela, cercando-a pelos flancos. Um dos paramédicos vem na direção de Roth, acompanha uma maca. É um oficial de idade avançada, com algo conhecido em seu andar um pouco torto, e quando consegue observá-lo de perto, dando instruções aos que descem a rampa da ambulância, Roth nota que o tenente-coronel Bersin ainda encontrou tempo de olhar para ele, sorrir-lhe, cúmplice. Mais adiante, um recruta na faixa dos dezesseis anos e uniforme do Exército Vermelho abre o zíper de um dos sacos de plástico e grita corram, tragam o soro aqui. O homem que lhe entrega a ampola é um judeu russo-polonês com quipá de veludo e barba. Após reanimarem o corpo, ele e o rapaz encaram o escritor. Nas camas improvisadas, acocoram-se, dormem, deitam-se os desabrigados. Atrás do cordão de isolamento, uma senhora bávara, que aos quatro anos de idade viu explodir a Kaiser-Wilhelm, posta-se num canto olhando a torre que restou da igreja e sussurra, murmura. Mas é o ruído - a música - o que mais intriga Roth: suas sucessivas e insistentes espirais em torno dos baques da onda, enovelando-a. Quando a contém e silenciam, fazendo com que somente restem notas desta melodia cada vez mais familiar, Roth percebe, surgindo detrás do caminhão, o vulto magro do mendigo, lento, por toda a extensão da rua, com traços do rosto cada vez mais definidos enquanto se aproxima e vem, sem que toque ou roce, em nenhum instante, aqueles à sua volta, como se caminhasse sobre a água. O escritor põe-se de pé. Na foto, tenho a impressão de que pensa que o falsete do trompete, do pequeno trompete de latão branco, é mais forte, mais intenso do que toda a Kurfürstendamm.

CINCO DIAS EM BERLIM

Lúcia Bettencourt

O vento sul soprava, trazendo o cheiro de pólvora que irritava seu nariz. Parecia que uma tempestade ia a desabar. Primeiro foram os assobios e os trovões. Estrondos fortes, fazendo o chão tremer, embora o céu mostrasse um azul despreocupado. Nuvens escuras formavam-se de repente e logo se desfaziam, só para aparecerem em outro lugar, num jogo de adivinhações dançado ao som dos estrondos. Só depois soube que era o início do bombardeio que arrasou a cidade. Naquele 20 de abril ainda fazia frio, e, se estivesse na cama, puxaria as cobertas, viraria para o lado e dormiria um pouco mais. Há muito, porém, já não tinha lugar, nem cama. Tudo o que possuía era o corpo, miraculosamente intacto, faminto, e sujo. Seguia caminhando pelas ruas tornadas irreconhecíveis. Atormentada pela sede, com a cabeça confusa pela falta de sono, não podia sentar para descanso. As pernas infantis davam passos cada vez mais aflitos, seus olhos, inflamados, procuravam sinais que a levassem até o rio, onde julgava já ter navegado, despreocupada, embalada pela correnteza e pelo rumor de música, de conversas e de risos. As vozes de seus pais ecoaram na memória: "Mein Schätzchen". O pai tentou, desafinadamente, assobiar uma canção. Mas o que escutou foi um assobio agudo, terrível. O mundo girou e ela foi projetada no ar, o corpo magro elevando-se do chão subitamente, sem esforço. Era uma bailarina, uma fada, um ser sem peso, que descreveu uma curva graciosa e caiu sobre um canteiro onde flores teimosas a acolheram e acomodaram. Uma delas pendurava-se sobre sua face. Queria levantar-se, não encontrava forças. Virou-se devagar, colocou-se em posição fetal e adormeceu, embalada pela flor que, agora, lhe fazia cócegas na orelha.

....
....

O tempo nublou-se, esfriou, o céu escureceu. Havia rumores de que alguma coisa estava por vir, falava-se aqui e ali de ataques, represálias, endurecimento, mas os políticos faziam belos discursos e negavam tudo. Cinicamente negavam. Tinha prometido encontrar-se com o namorado, mas o patrão não permitiu que saísse na hora combinada: "Preciso que você fique". Palavras cruéis para quem, com o corpo cheio de seiva e o coração transbordando de paixão, contava os segundos até o encontro com o homem por quem ansiava. Perturbada, olhava pela janela e via o domingo já acabado, as parcas luzes iluminando ruínas propositadamente mantidas. Era folga do namorado, iam passar a semana juntos. Arrepiava-se ao imaginar os braços dele ao redor de seu corpo, com as mãos grandes, sólidas, percorrendo sua pele, os lábios delicados explorando os seus, procurando a boca com a língua doce e exigente. Seu corpo foi percorrido por uma onda de calor, e ela olhou ao redor, como se temesse que pudessem adivinhar seus pensamentos. Abaixou o rosto corado e debruçou-se sobre o balcão da lanchonete, intimamente xingando a colega faltosa cuja ausência a impedia de sair no horário. Quando o dia terminou, já não havia mais condução pública. As ruas estavam mortas, a frente fria, inesperada, tinha expulsado até mesmo os fregueses dos bares. Seu vestido era inadequado, o vento arrepiante. Caminhava cada vez mais depressa, mas o caminho se alongava e, quando olhou para o relógio e viu que já passava de meia-noite, seu coração baqueou. Perguntava-se se o jovem ainda estaria à espera. Esforçou-se ainda mais, apressou os passos já um pouco instáveis, pois os pés doíam, cansados. Um nevoeiro desceu sobre o caminho, já perto do rio Spree. De dentro da névoa pareciam sair ruídos de feras, rugidos, gemidos urgentes, que a assustavam. Sentia-se solitária na cidade adormecida e fria, coberta por seu manto de nuvens misteriosas e barulhentas. Ao virar a esquina, encontrou uma parede. Um muro bloqueava o caminho. Sentia o cheiro de cimento fresco, desagradável. Decidiu retroceder, procurar orientação em alguma placa de rua. Deu alguns passos de volta, mas, duvidando de si mesma, retrocedeu e voltou a encontrar o inesperado muro, cada vez mais firme, já que a névoa se dissipava e ele se tornava visível em aspereza concreta. Desorientada, seguiu aquela parede, as mãos rasgando-se com o atrito e a friagem. Em desespero, quis gritar o nome do namorado, mas a voz não passava pela garganta, apertada e seca de terror. O muro se estendia, infindável, escuro, mais alto que ela. Sem compreender, voltava atrás, sempre tateando a parede indiferente, depois retrocedia, indo de um lado para o outro, zonza, desnorteada, até tropeçar e cair, ali, ao pé do Muro. Encolheu-se, cobrindo o rosto com o braço, assumindo a posição fetal. Acostumada a enfrentar pesadelos quando acordada, não percebeu que adormecia.

....
....

Era noite, e o frio de novembro já tinha se instalado, mas as pessoas, ao invés de se recolherem, andavam inquietas. Percebiam que algo importante estava para acontecer. Passeatas, discussões nos bares, rádios e televisores sintonizados nos canais de notícias, os dias transcorriam vibrantes. A cidade dividida parecia costurar-se nas conversas e na procura de notícias. À tarde tinham circulado rumores de que as fronteiras estavam abertas, mas nada se confirmou. Quando chegou a noite, os mais afoitos caminharam para os pontos de passagem. Logo uma multidão inquieta se formou. Os guardas não sabiam o que fazer, os superiores estavam desorientados, as decisões ficaram nas mãos dos subalternos. Às onze da noite, em Bornholmer Straße, os guardas capitularam e foi como acender um estopim. A notícia se espalhou, em breve outros portões se abriram e começou uma festa espontânea. Bares e boates ofereciam cerveja de graça, pessoas dançavam e cantavam nas ruas. Queria participar e saiu em direção a Ku'Damm, desejando mostrar toda sua alegria. Já não era mais criança, seus 54 anos, no entanto, não pareciam incomodá-la. Pedalando a bicicleta, sentia o sangue acelerar-se, as juntas lubrificarem-se, não conseguia evitar o sorriso que lhe aflorava aos lábios a todo instante.

 Pessoas que nunca tinha visto antes a abraçavam e beijavam. Seus braços se abriam, acolhendo uns e outros como filhos pródigos, irmãos finalmente reencontrados. O sorriso lhe estirava os músculos da face e expandia-se numa risada quando alguém, mais afoito, tentava fazê-la tragar a cerveja amarga e saborosa das celebrações. O tempo fugia com rapidez, assustado com as buzinas e a cantoria que irrompia pelas ruas, chamando mais gente para a celebração. Já passava das oito da manhã, sua cabeça girava, talvez pelo efeito da cerveja ou da falta de sono. Sentou-se num banco, contemplando o vulto maciço da igreja em ruínas, que se destacava contra o céu de nuvens pesadas. Nem sequer percebeu quando, exausta, deitou-se no canteiro, assumindo a posição fetal antes de cair num sono profundo, pesado, mas cheio de sonhos.

O Sol de julho alegrava o dia e foi com cuidado que passou o protetor solar no rosto. Nenhum candidato a presidente, por mais carismático que fosse, merecia que negligenciasse sua pele. Saiu cedo, consciente de que era preciso chegar com tempo no Tiergarten, para conseguir um lugar próximo à Coluna da Vitória, a Siegessäule, cujo topo dourado brilhava ao Sol. Os melhores lugares já estavam tomados, mas, ao vê-la chegar, algumas pessoas se afastaram e, assim, conseguiu abrir o assento da bengala. Estava num ponto em que podia ver não apenas o tablado montado para o discurso, mas também um dos telões instalados para que todos tivessem a sensação de estar mais próximos do senador americano e de sua mensagem de esperança. Ele desejava contagiar a Europa, buscar o apoio de seus líderes para a eleição que se aproxima. "Sim, podemos!" – era o lema da campanha. Ela, aos 73 anos, sentia-se feliz por ainda conseguir acreditar nisso. Tantas vezes a vida desmoronara a seu redor, tantas vezes estivera rodeada de desânimo e sofrimento, e, no entanto, sempre encontrara algo que fizesse a esperança voltar. A esperança, brilhante como a deusa no topo da coluna esburacada por balas, lembrança de projéteis disparados há mais de sessenta anos para comemorar outros tiros, disparados antes, incontáveis naquela história repetida. A coluna ostentava as marcas, jamais reparadas, um aviso do preço a pagar pela "vitória", deusa instável, muitas vezes detestável. Na hora marcada, o senador discursou e contagiou a todos. Naquele momento, seu rosto escuro brilhava mais do que a deusa volúvel no alto da coluna. "Sim, podemos", dizia, simpático e crédulo. Milhares de vozes ecoavam: "podemos, podemos". Sentiu-se, subitamente, muito velha e cansada, necessitando ir para casa, escapar antes que a multidão eufórica começasse a se dispersar, saindo dali para ocupar os bares e brindar a nova esperança com a cerveja amarga de sempre. Chegou em casa sentindo-se fraca, deitou-se no sofá da sala, enrodilhada, como de costume. Com os olhos fixos na copa da árvore que avistava da janela, tentava decifrar o alarido dos pássaros que se reuniam ao entardecer. Parecia-lhe escutar outro comício, que falava não da esperança, mas da vida – aquela vida cotidiana, tão valiosa e sempre indiferente às vitórias alcançadas. Dormiu ali mesmo, no sofá, em posição fetal.

....
....

Aos 81 anos ainda se animava com o Natal. Festejara poucas vezes a data, mas julgava lembrar-se de enfeites, canções. O passado era feito de lembranças vagas. Tinha, provavelmente, dez anos quando a guerra acabou Foi sorte ter conseguido escapar. Sua lembrança mais viva era a do dia 20 de abril, aniversário do homem assustador, de bigode curto e olhar desvairado, que aparecia em numerosos cartazes pela cidade. Infelizmente essa data passou a ser o dia de seu (re)nascimento, pois foi o de sua salvação pela Cruz Vermelha. No meio de escombros deram com seu corpo franzino, enrodilhado como um feto, e levaram-na para um hospital improvisado, salvando sua vida, mas não a identidade. Tinha esquecido o próprio nome, o dos pais, e o dos avós, fantasmas que atendiam por mamãe, papai, vovô e vovó. Lembrava-se do nome do bebê, Karl, mas não sabia se era um bebê de verdade, ou um boneco lindo que um dia segurara no colo.

Em seus documentos escreveram: Maria Niemand, nascida a 20 de abril de 1935. Lutou contra esse sobrenome por muitos anos mas acostumou-se. Ninguém (não) pôde impedi-la de ser alguém, mesmo incorrendo em falha gramatical. Só não tinha se conformado em compartilhar o dia de aniversário com o do nascimento de quem lhe roubara a vida a que teria direito. Preferia passar a data em branco. Para compensar, fazia pequenas coisas especiais nos outros dias do ano, ciente do milagre de sua sobrevivência. Hoje decidira ir à feira de Natal, à sombra da igreja em ruínas, palco de boas lembranças. Alegrava-a passear entre as barraquinhas, o cheiro das salsichas assadas aguçando seu apetite. Parou para tomar um chocolate quente e não viu quando o monstruoso caminhão avançou por cima da calçada, pois estava de costas, olhando uma jovem mãe que passava com seu bebê. "Era um bebê lindo, talvez se chamasse Karl", foi a última coisa que pensou, antes de ser projetada no ar, seu corpo magro elevando-se do chão subitamente, sem esforço. Era uma bailarina, uma fada, um ser sem peso, que descreveu uma curva graciosa e caiu sobre um canteiro onde flores do passado a acomodaram, como uma semente.

DE QUANDO EM BERLIM ERA NOITE

Luciana Rangel

"Nós dissemos não – nós pensamos: não"
RUTH ANDREAS-FRIEDRICH, setembro de 1938

Apertava com força as teclas com a ponta dos dedos para terminar o texto o quanto antes, sob os olhos atentos de Elke. A amiga não dizia nada, apenas estava ali, perfumada e apoiada, quase caindo em cima da mesa de Ruth. Suspiro. "Elke, preciso terminar..." disse baixinho Ruth, quase que em transe e em sussurro, entre uma frase e outra de um texto que não fará o menor sentido para o leitor. Ao receber o jornal em casa ou ao comprá-lo na banca, o leitor atento deste dia de setembro de 1938 correrá os olhos e pensamentos para outra vizinhança, tentando saber o que ocorre na capital. A irrelevância do texto irrita Ruth que, por vezes, pensa em escrever sempre a mesma coisa, apenas trocando o nome das lojas e as cores dos vestidos. Escrever sobre moda sem poder citar as melhores confecções era quase inviável, visto que das dezenas de lojas e departamentos, a grande maioria era de família judaica. Era essa a história a ser contada: o fechamento dos estabelecimentos judaicos e o empobrecimento da cena da moda de Berlim, perdendo de vez para Paris. Mas agora ela precisa terminar o artigo o quanto antes, pois Elke começa a bater o pé aflita. Ela sempre faz isso. A desvantagem, ou vantagem, de se conhecer bem uma amiga, é saber quando ela perde a paciência. Elke percebe que Ruth percebe e avisa "...O Kaiserhof vai ficar cheio...não vai ter mais lugar..." Ruth aperta o ponto final tão atropelada, que quase prende o anel na tecla da máquina de escrever. "Terminei, mas preciso mostrar para o Herr Franz". Ruth levanta apressada e sem olhar para Elke, bate na porta de Herr Franz, um homem elegante, alto, que aos sessenta anos, ainda desperta risinhos e bochechas rosadas quando vai tomar um café na Potsdamer Platz. "hum...bom...mas vou cortar a frase - a única loja ainda aberta na Uhlandstraße - é moda, não é política" Ruth tenta argumentar esticando a coluna mas a voz não sai e Herr Franz ignora a resistência e continua a ler em silêncio. "Pode ir, vou encaminhar para o revisor". Ruth diz um Danke e deseja boa noite, sem antes deixar de observar a blusa bem passada, o terno bem cortado de Herr Franz. O luxo, muitas vezes, pode ser mal-interpretado. "Ruth, tente borrar menos, fica difícil de ler. Nós não temos nenhuma Continental Silenta, mas você pode ter mais cuidado" Ruth sorri afirmativa e entende a piada. A melhor e mais cara máquina de escrever do mercado é coisa para o Kaiserhof e para o governo, não para uma reles redação de jornal.

Ao sair da sala recebe o sorriso de Elke, como que consolo pela matéria aguada, e se esquece imediatamente do quão é desagradável escrever com um pezinho batendo no chão de madeira que, acrescido aos sons das teclas e dos bondes da Leipziger Straße, compõe um concerto de confusão mental.

Descem as escadas aos risinhos, ajeitando lenços, colares e contando o dinheiro.

Tarde da noite, o volume de gente a caminhar na Leipziger Straße é atípico. A Wilhelm Straße repete a mesma sensação e esbarrando em pessoas e postes, entre um pardon e outro, as moças chegam na Wilhelmplatz 3, no Kaiserhof, primeiro hotel de luxo de Berlim. Um estabelecimento que incomoda o povo e encanta a elite, com seus quartos com banheiro, ambientes devidamente aquecidos por um sistema ultra moderno de calefação e decoração de palácio. Tudo isso em uma cidade de 4 milhões de habitantes, onde muitos moradores dividem um banheiro com todo o prédio. A administração do hotel simpatiza-se com o nacional-socialismo e a casa é aberta cada vez mais para membros do Partido e o próprio Hitler, frequentador assíduo do hotel. Alguns integrantes do Partido Nacional Socialista dos Trabalhadores Alemães, o Partido Nazista, moram no Kaiserhof, graças à prática localização, no quarteirão do governo alemão. Para jornalistas e curiosos, o bar do hotel é o cenário perfeito com encenação repleta de novidades e acontecimentos, com personagens de sobrenomes nobres e muitos uniformes cinzas. Para Ruth, era uma oportunidade de ouvir conversas e tentar descobrir quando seria a próxima busca. Foi assim que conseguiu salvar alguns vizinhos. Ouviu que teria busca em Schöneberg. Nessas "investigações" muitos homens judeus eram chamados para interrogatório. Muitos sumiam por semanas, outros nunca mais voltavam. Isso tudo ficava sem porquê e sem resposta. São tempos em que não existem explicações e quando tenta-se explicar algo, não faz nenhum sentido. No dia que ouvira sobre a busca em Schöneberg, Ruth voltou de madrugada para casa e bateu na porta de todos os vizinhos judeus que conseguiu. Foram mais de dez homens e dois casais dormindo em sua casa. Menos Herr Levinson, que ela não conseguiu avisar. Herr Levinson tão velhinho e doce, tão culto. Ruth sente um aperto no coração e pensa que se há justiça, ele está bem. Desde que começaram as buscas, alguns amigos sumiram. Outros foram embora, como a família Rosenthal. Antes de darem adeus, passaram três imóveis em Mitte e um terreno em Zehlendorf para o nome de Ruth, compraram muitas roupas na Ku'Damm e com as malas cheias, pegaram um trem para Paris. De lá, iriam para Londres e pegariam um barco para os Estados Unidos. Foi muito doloroso dizer adeus à Ana Rosenthal, sua vizinha querida, companheira de chá aos domingos. Quem pode, vai embora, levando o que dá, sem olhar para trás e sem a esperança de poder voltar. Para os vizinhos e amigos que ficam, Ruth deixa uma chave dentro de um canteiro do lado de fora do pátio do prédio. Assim, muitas vezes, ao chegar em casa, precisa pisar devagar para não acordar ninguém. E coleciona adereços esquecidos, pentes, cintos, pantufas e muitas flores e pães frescos como forma de agradecimento.

Ruth e Elke passam por uma recepção relativamente vazia e chegam ao bar do hotel. Estranho. O bar do hotel à noite está sempre cheio. Mulheres lindas e bem vestidas, homens fardados, gente, muita gente, lotavam o estabelecimento. Hoje não. As amigas pedem dois Martinis e conversam amenidades, sem se importar com as poucas mesas ocupadas do elegante bar. Pedem mais dois Martinis. E mais dois. O jantar de Martinis dá coragem e o que realmente interessa é colocado na mesa.

"Ruth, tem algo acontecendo lá fora"

"Percebi, Elke. E acho que estamos no lugar errado"

Ruth levanta, deixa o dinheiro na mesa e puxa Elke da cadeira. Saem do hotel, atravessam a Wilhelmstraße em direção à Chancelaria do Reich, Reichskanzlei, a poucos mestros do Kaiserhof. A multidão marcha sem pressa e se aglomera em frente à chancelaria. A praça Wilhelmplatz, a rua Wilhelmstraße, os postes e as pessoas estavam adornadas de bandeiras e suásticas de todos os tamanhos. Ruth admite para si mesma que o aparato é impressionante. Parece tudo decorado para uma grande festa. Ruth tropeça e esbarra em um oficial.

Pede desculpas, mas ele a olha de cara feia e logo em seguida olha para Elke. Ruth pede pardon novamente e, de cabeça baixa, se afasta. "Elke, é melhor andarmos separadas. Duas jornalistas juntas pode ser suspeito". Elke sem discutir, faz que sim e anda para o outro lado. Eram tempos de poucas palavras, gestos medrosos e passos discretos. Ruth anda pela multidão, quanto mais próximo do Reichskanzlei, mais denso fica.

No alto, em um balcão pouco iluminado aperece Hitler para cumprimentar a multidão. Alguns entusiasmados gritam "Herr Führer". O coração de Ruth dispara. Ao lado de Ruth, um rapaz, quase que reconhecendo Ruth como uma de suas fala baixo: "Vai ter guerra, tenho certeza, e nós, os imbecis, vamos pagar a conta". Ruth solta um sorrisinho nervoso. O rapaz encorajado, fala mais alto "Vai ter guerra e não vai sobrar nada". Ruth olha com um olhar repreensor. Se for presa, não ajuda em nada. O apartamento será vasculhado, os vizinhos encontrados. As pessoas começam a ir para suas casas, sorridentes e Ruth tem a impressão de que elas acreditam que todos estão assim. Elke reencontra Ruth e caminham em silêncio para a Potsdamer Platz. As amigas se despedem. Ruth sem vontade de ir para a casa, anda um pouco na praça vazia. "Vai ter guerra e não vai sobrar nada" - ecoa a voz do rapaz.

Uma raposa aparece na praça e vasculha o chão à procura de alimentos. A pouca, mas ainda presente, presença humana não interfere na rotina noturna do animal. Ela cheira tudo por todo o trajeto e parece não se incomodar com as bandeiras vermelhas, as suásticas, o clima tenso no ar deste dia fresco de outono. O animal não se importa com a iminência de uma guerra, com humanos desaparecidos, nem com a possível extinção de uma cultura. Atrevida, a raposa segue sentido chancelaria.

Ruth se distrai e tropeça. Levanta chorosa, meia rasgada e machucado no joelho. "Preciso lavar meu joelho". Decide ir para a casa e se sente aliviada, quase que feliz, em ter agora um problema tão pequeno com que se preocupar. Mas antes, resolve se despedir da raposa. O animal se despede aos poucos, parece não encontrar nada digno na chancelaria. Caminha como quem passeia, sentido Tiergarten.

A ÚLTIMA VEZ QUE VI BERLIM

Márcio Benjamin

- Então, Berlim! - a mulher repetia, enquanto batia de leve na coxa do homem, sentado na cadeira ao lado.

Cabisbaixo, ele apenas sorria, passando a mão nos fones de ouvido do avião como quem desfia um rosário, acompanhando de canto de olho o trajeto da aeronave na trajetória contada na pequena tela em frente.

- Você nunca foi a Berlim?

Dessa vez o rebate veio na ponta da língua, mas o homem já tinha aprendido a enrolar essas respostas de volta e engoli-las, como quem toma um grande comprimido ruim.

Com um estudado sorriso, sacudiu rapidamente as páginas do seu passaporte. Virgens.

- Ah! Mas isso é o começo. Depois do primeiro carimbo, você vai ver só. Viajar vicia.

O homem cruzou os braços. Queria estar na janela, perder tempo com as nuvens, tão previsíveis. Desistiu dos fones e checou a foto no documento, tão moderna e antiga ao mesmo tempo.

- Você vai adorar Berlim!

"...angustiado, corria por dentro dos escombros escuros, sem saber bem pra onde ir. No bolso, o papel amassado, talvez a única coisa importante que carregava consigo. Decidido, já não sentia as dores no pé. Nas ruas, a fumaça tomava a cidade; no céu, aviões seguiam em disparada. Aliados? Quase sem perceber, finalmente chegou ao beco. O pequeno caminhão já estava a espera.

O cheiro dos corpos, alguns em decomposição, inundou o lugar, mas não havia tempo. Não havia tempo. Tirou o sapato depressa, pegou o relógio e o anel e repassou ao velho, com o documento. Sem qualquer palavra, o outro guardou os pertences com avidez e entregou-lhe um outro papel, diferente, antes de virar as costas e sumir, por entre a fumaça e o barulho dos aviões..."

— Café? Chá? — perguntou a aeromoça com o carrinho.
— Vinho — respondeu.

"...perdido embaixo dos cadáveres, agarrava-se ao novo documento como um náufrago. Ainda que banhado em sangue, já não sentia o cheiro dos corpos. Apenas precisava aliviar-se, e quase riu do seu pudor, antes de liberar a bexiga."

— Viajo muito, mas, eu não sei, é sempre como a primeira vez. Sempre há o que se ver, afinal de contas! — tagarelava a mulher, mais pra si.

"...deitado durantes horas, sentiu o carro continuar, sentiu cada buraco da estrada e talvez tenha chegado até a dormir, e sonhar com a sua vila, antes de tudo, sonhar com outros países e línguas, conhecidas e vividas antes de tudo, sonhar com o mundo, antes de tudo. Um mundo pouco habitado, porém muito mais vivo. Como aquilo tinha começado?

Até que pararam, subitamente. Algumas carcaças foram arrancadas e a luz feriu os seus olhos enquanto sentia o peso sobre o peito aliviar. Rispidamente, mandaram-lhe descer, entregando um pedaço de pano, talvez tão sujo quanto a caçamba.

Ainda cego pela luz, desceu, evitando o que sobrou de uma menina e de um homem, jogados ao chão."

- É. - suspirou a mulher, insistente.

"Sem ter mais o que fazer, limpou-se o quanto pôde e entrou discretamente na cidade. Amanhecia. Procurou o primeiro estabelecimento aberto, como indicado, e pediu um quarto. No bar, uma moça magra tomava uma dose de algo. Bêbada, não conseguia quase ficar sentada, agarrando-se ao balcão. O cheiro do homem, porém, chegou primeiro e ela virou-lhe os imensos olhos azuis, os quais, embaçados, pareciam ver através dele:

- Noite difícil? - ela perguntou.

O homem apenas sorriu.

- De qualquer forma seja bem-vindo, estranho. Você vai adorar Berlim."

O alto falante do voo trouxe-lhe de volta. Em um vacilante inglês, o comandante pedia que atassem os cintos, e não desatassem, até que os avisos luminosos fossem...

Aos discretos solavancos, a aeronave pousou. O homem fechou os olhos e temeu reencontrar a velha Berlim, coalhada de bombas e medo. Sabia que não fazia sentido, mas o pensamento o assustava ainda mais. A sua vida inteira nunca fez sentido. Como explicar isso pra mulher ao lado? Como justificar a sua juventude, e a sua insistente demora no mundo, se nem ele mesmo sabia?

Com o avião no solo, o homem desatou o cinto às pressas e levantou-se. Estranhamente, a mulher ao seu lado permaneceu finalmente em paz.

- Estou indo. - disse ele - Tudo de bom.

Plácida, ela sorriu:

- Seja bem-vindo de volta, estranho. - disse, mirando uma vez mais aqueles imensos e baços olhos azuis. - É como disse, você vai adorar Berlim.

JEREMIAS

Mariza
Baur

Sim, ali está ela; Jeremias não tem dúvida. Em todo o esplendor. Exatamente no lugar onde a viu pela última vez. Quantas neves, quantos sóis teria suportado Frau Sophie? Este foi o nome que lhe dera porque ia precisar de sabedoria para sobreviver ao que estava por vir. Frau Sophie, a sua árvore. Semanas antes de partir, quando o êxodo tornou-se inevitável, decidiu plantar no jardim a muda, um arbusto frágil, einkleinen Apfelbaum, uma pequena macieira. Ainda lembra-se da cena. Naquela noite, escreveu os detalhes no diário, guardado no sótão. Na véspera da viagem, os olhos querendo chorar, sussurrou: Bitte, por favor Frau Sophie, tome conta do nosso pedaço de céu, não sei se vou conseguir voltar. Promete que cuida? Durante muito tempo, despertava no meio da noite, assaltado pela dúvida: a muda vingaria? Ou fustigada pelos ventos do norte estava fadada a sucumbir? Se tivesse vingado, quem comeria os frutos? Gostaria de levar maçãs vermelhas para Hanna, a menina de tranças loiras e olhos de abismo. Hanna morava na casa vizinha e lhe sorria, aos sábados, na sinagoga. Às vezes, o espiava pela janela. Ele retribuía o sorriso.

    Sim, vingara a macieira, Jeremias constata com os próprios olhos, e uma alegria o invade. Acertada sua decisão; no último minuto, deixa o navio do cruzeiro que fazia pelo Báltico, ancorado no porto de Warnemünde, e entra no trem. Em duas horas e meia, chega ao destino: Hauptbahnhof, Estação Central de Berlim. Incrédulo, entende que pisa o solo da cidade natal, após 67 anos. Temia o reencontro, ele que passara a vida mastigando-Berlim, dormindo-Berlim, escrevendo-Berlim, chorando-Berlim. Conjugando Berlim nos verbos mais impossíveis. Na porta da gare, alguém sugere "city tour" barato, era só pegar o Bus 100 e veria pontos de destaque. Aprova a ideia, e vão se desenhando nas suas retinas o parque Tiergarten, a Coluna da Vitória, o Palácio Bellevue. Turistas e locais subindo e descendo do ônibus. Sente vontade de fazer o mesmo na parada do Reichstag, o Parlamento Alemão; deseja atirar-se na grama, como no tempo de criança. Resiste. Logo surge o Portão de Brandemburgo. E o ônibus segue pela Unter den Linden, a avenida sob as tílias, a avenida mais bonita da cidade, não se cansava de repetir seu pai, e era verdade. Agora, basta andar duas quadras. As mãos tremem quando dá o sinal para descer do veículo. O que encontraria? Fantasmas e cinzas? Então, avista a macieira; sobrevivera aos bombardeios. Comovido, só lhe resta agradecer. O Sol de final da primavera penetra pelas ramas verdes e Frau Sophie explode em florinhas miúdas. Além de tingir de branco e rosa seu pedaço de céu, a árvore vem cumprindo a promessa. Altiva, é a guardiã da casa dos primeiros anos.

 Na casa de dois andares e sótão, nasceu Jeremias. Corria o ano de 1927, Berlim era a capital da República de Weimar. A casa testemunhara seus primeiros passos ao mesmo tempo em que ele aprendia a brincar com o cachorro Bóris, um boxer marrom-dourado, o melhor cachorro do mundo por que era bom, e o compreendia como ninguém. Quase não latia o Bóris, e foram crescendo juntos: o cachorro e ele, e depois os irmãos, o do meio e o caçula, naquela casa em que se ouviam canções de Weill e Brecht. A mãe não era judia, e passava horas cantarolando Bilbao Song, Youkali Tango e outras canções de cabaré; na sala havia um gramofone. O pai, judeu não ortodoxo, fazia-lhe todas as vontades. Às vezes, a mãe insistia e o marido a levava a um cabaré. Voltavam felizes, um pouco ébrios em razão do vinho, e a casa se enchia de risos. Jeremias devia ter uns seis anos, quando escutou a mãe dizer: Era só o que nos faltava, Hitler, aquele austríaco de bigodinho, ele e o Partido Nazista querem acabar com os cabarés. A mãe não se conformava. E nem acreditava nas promessas sobre a nova e gloriosa Alemanha.

Jeremias respira fundo antes de tocar a campainha da casa. À mulher de cabelos vermelhos que surge na janela, ele pede permissão para entrar. Explica, ali vivera na infância. Ela, que podia ser sua filha, avalia-o dos pés à cabeça, e não cria objeção. Ele, senhor idoso, embora um estranho, não inspira risco. Aparenta seus reais 78. Ela abre o portão de ferro, e diz que fique à vontade, precisa dar a medicação para a mãe enferma. Como o jardim mudou, pensa Jeremias. Não há mais o gramado, nem sinal da horta de temperos. Cadê o perfume das rosas? Que saudade dos verões! Eram curtos, e havia os passeios ao zoológico, as brincadeiras ao ar livre. Inevitável o mergulho no passado. Escuta a voz da mãe dizendo: Cuidado com as rosas, as centáureas azuis, os girassóis. Ele tem oito ou nove anos, e joga bola com os irmãos; Bóris late e tenta abocanhá-la. A bola acaba de atingir o canteiro das centáureas, florinhas azuis pisoteadas, a mãe furiosa grita; de nada adiantou dizer que foi sem querer, perderam o direito à sobremesa. Ao bater o olho no banco de pedra, Jeremias lembra-se de outras tardes, quando só ele sabia ler. Sentava-se ali, Bóris e os dois irmãos esparramados no gramado, abria o livro e fadas e gansos e camponeses e princesas lhes faziam companhia. No inverno, as histórias aconteciam ao redor da lareira. Os Irmãos Grimm eram obrigatórios e havia Andersen e La Fontaine. Encantavam-se mesmo com as travessuras de Max und Moritz, Juca e Chico, na tradução do livro para o português. Os dois malvados infernizando a vida dos moradores da aldeia. E Jeremias lia e relia, até o cair da noite na varanda, e desatavam a rir, e se perguntavam se fariam tais diabruras, e nem ligavam para o vento que trazia pouco ou muito frio, pois ainda era primavera ou o calendário já marcava outono.

Max und Moritz foi presente da Oma Sarah; a avó que presenteava com livros. Quando, aos onze anos,

Jeremias e o pai partiram da Alemanha, porque a situação para os judeus era insustentável no ano de 1938, a Oma já havia morrido. Bóris também mudara de planos. Começou a emagrecer e nem queria saber de brincar com os meninos. Foi perdendo a cor, mais parecia um boxer albino ou um cão-fantasma, até que resolveu viver no céu dos cachorros; era um consolo pensar assim. Menos mal, que não deixaria para trás a Oma, nem o cachorro. Como se não bastasse arcar com o sofrimento da falta que a mãe e os irmãos lhe fariam. O pai suportaria viver sem ela? Quem iria preparar warenikes, os pasteizinhos recheados de batata e cebola escura? Sem os irmãos, com quem brigaria e, logo, faria as pazes? A mãe andava nervosa, Jeremias nunca a vira assim. Por vezes, aparecia com os olhos inchados, vermelhos; claro que chorava escondido. Teria fibra para permanecer em Berlim, com os dois filhos menores, enfrentando o perigo? As paradas militares se sucediam. O horror nazista mostrava suas garras. Hitler, a cada dia, proferia novas ameaças, em especial contra os judeus; abertamente boicotava seus negócios. A guerra, diziam, era questão de dias. Ou a mãe fugiria para Buenos Aires, seguindo a irmã e o cunhado judeu? O Brasil, onde o pai vislumbrava o futuro, não a agradava de jeito nenhum. Talvez temesse os índios, ou as cobras, ou a selva; era e a imagem que fazia do Brasil. O pai, professor na Universidade, acabara de perder o cargo. Emigrar se impunha; difícil obter o visto de entrada para judeus. O consulado do Brasil em Berlim já não os concedia. Boa notícia chegava de Hamburgo; no consulado brasileiro, funcionária emitia os vistos, com o apoio do diplomata João Guimarães Rosa – de quem Jeremias se tornaria leitor apaixonado.

Passagem rápida pelo Rio de Janeiro, pai e filho radicaram-se em São Paulo. O amor pelas plantas acompanhou Jeremias no Novo Mundo. Tornou-se agrônomo. O hábito de registrar os acontecimentos em diários, também. Dono de um sítio, plantou árvores, entre elas macieiras. Preferiu não se casar. A frieza da mãe em não acompanhar o pai ao Brasil, dividindo a família, o traumatizara. Encontrou-se com ela e os irmãos poucas vezes, na Argentina. Decidiu que não voltaria à Alemanha; queria manter intacta a infância feliz. No cruzeiro de navio pelo Báltico, domina-o a inquietação. Não sabe se tem insônia em razão do tédio causado pelo mar cinzento; praticamente sem ondas, mais parece um lago. Ou se teme a escala na Alemanha. Tranquiliza-se; algumas horas no porto de Warnemünde e à noite zarpariam para Kopenhagen. Nem pretende descer do navio. Navio ancorado, num ímpeto, resolve ir a Berlim; há um trem rápido. É tomado pela urgência de rever Frau Sophie e de resgatar seu caderno vermelho, o diário que escrevera dos nove aos onze anos, esquecido no sótão.

A mulher de cabelos vermelhos não disse que ficasse à vontade? Isto é o bastante para Jeremias sentir-se autorizado a entrar na casa. Tudo tão diferente, a casa perdera a alma. Cadê o quadro colorido do Paul Klee? O relógio cuco, as risadas dos irmãos, a poltrona do pai, os latidos do cachorro, o cheiro do pão assando no forno. E os cômodos, teriam encolhido? Lembra-se do diário, pede permissão para ir ao sótão. No caminho, a porta entreaberta, não pode evitar vê-la. No rosto da velha senhora na cadeira de rodas, reconhece os olhos de abismo da menina de tranças que lhe sorria, aos sábados, na sinagoga. Hanna, Hanna, ele ouve sua própria voz chamando-a. É você, Hanna? Ela esboça um sorriso, e logo murcham-lhe os lábios. Os olhos que o fitam, por um instante, sabem quem é ele, o menino-vizinho, e deixam escapar uma lágrima. Ele tenta conter as suas. O pranto preso no peito por anos e anos, por fim, deságua. Confere os ponteiros do relógio, em três horas o trem retorna ao navio. Assalta-lhe a dúvida: partir ou permanecer no lugar de onde nunca deveria ter saído. Avista o gramofone. Os dedos deslizam pela pilha de discos, procura Youkali Tango. A música penetra o coração da casa e Jeremias toma as mãos delicadas de Hanna entre as suas, afaga-as. Como se ela pudesse entendê-lo, vai dizendo, com doçura, que sente muito terem sido separados pela guerra e a perseguição aos judeus. O destino fora cruel com eles. Parafraseando Guimarães Rosa, confessa seu amor. Ah! meine liebe Hanna, minha querida, se não fosse a guerra, juntos, poderíamos ter sido "infelizes e felizes, misturadamente".

ICH
BIN
BERLIN

Mauricio
Vieira

```
================    ==============
================  I CH  ==============
================    ==============
=================    ==============
================    ==============
================    ==============
================  B I N  ============
==============    ===========
================    === =========
==============    ============
=============  B E R L I N  ===========
```

LEMBRAR O PRESENTE

Roberto Parmeggiani

*Como pode aquilo que sou, quem eu sou,
não ter existido antes que eu viesse a ser,
e que algum dia, eu, quem eu sou,
não serei mais quem eu sou?*

P. HANDKE

A chuva caia leve, cobrindo tudo com sua cor cinza.

Olhando o mundo através do para-brisas, Marcus não entendia se o véu de tristeza que tudo cobria estava dentro ou fora dele. *Berlim não é uma cidade alegre,* pensou, *nem por isso podemos dizer que é triste.* Nos últimos dias, porém, nem os raros raios de Sol conseguiam melhorar o seu humor.

O pai sempre lhe ensinara que há uma razão pela qual os olhos são colocados à frente do corpo. O amanhã é sempre melhor que o passado, porque tem em si a possibilidade de uma mudança. Queria tanto acreditar naquelas palavras. Olhando a casa na qual tinha morado até ir morar fora, estudar na universidade, as lembranças corriam como crianças no parque, animadas e sem uma ordem precisa: as lágrimas do pai, quando tinha se formado, o primeiro beijo, a doença da mãe, os natais cheios de luzes e presentes.

Era sábado, o dia que tinha se tornado um compromisso fixo. Ele e o pai almoçavam juntos. Depois ficavam sentados na sala de estar falando e bebendo um vinho. Não mais, porém. A doença tinha transformado o pai em um pedaço de carne sem memórias. Sem poder recordar não temos mais identidade, um golpe do destino para quem estudou História a vida inteira.

Marcus lembrava muito bem a última conversa significativa.

"Esta cidade não é mais o que era antes."

"Nunca houve o que era uma vez."

"Que significa, pai?"

"Esta cidade nunca foi melhor do que agora. Somos nós que mudamos. Tudo muda. E olhar para o passado com os olhos de arrependimento é inútil. Aliás, é perigoso."

A lucidez com a qual seu pai conseguia ler o mundo o impressionava. Muitas vezes, com seus estudantes falava do valor de conhecer a História não só de um ponto de visão didático, mas sobretudo, no sentido lógico, assim como fazia o pai.

"Presta atenção Marcus. O passado é uma mãe cuidadosa, que perdoa todos os erros. O futuro, no entanto, é um pai rigoroso e justo."

Nos últimos meses, não perdia a oportunidade de falar ou escrever sobre a importância de conhecer o passado. No verão anterior, por exemplo, haviam passado alguns dias perto do lago Wannsee. Marcus tinha reservado um apartamento com vista para o lago. Era um edifício angular, com linhas limpas. Sempre gostou de uma certa estética, complementar à sua confusão interior. A doença do pai já havia se manifestado, mas eram apenas episódios esporádicos. Toda manhã levantavam cedo para poder caminhar na praia com calma, sem o barulho dos turistas. Sentavam nas cadeiras brancas e azuis e fixavam a água, que ia e voltava, ia e voltava. Marcus gostava daquele movimento contínuo, quase um mantra que de alguma forma o acalmava.

"Nada é eterno, Marcus. Mas tudo se repete. Em nós, como na vida. Por isso precisamos lembrar, aliás testemunhar."

As palavras do pai não eram ditas por acaso. Aquele lugar tinha hospedado a conferência de Wannsee, a reunião na qual os altos funcionários e burocratas do nacional-socialismo foram informados sobre a "Solução Final da Questão Judaica". E ele, sempre atento aos acontecimentos sociais, sabia que estavam chegando dias difíceis.

Marcus saiu do carro, levando consigo o almoço que tinha comprado na churrascaria. Frango assado, batata e chucrute. Essas visitas custavam-lhe muito, mas, ao mesmo tempo, sentia a necessidade delas. Tinha a sensação de ter que completar um quebra cabeça.

Abriu a porta, entrou e foi direto à cozinha. Cumprimentou a senhora que cuidava da casa e do pai. Logo depois, dirigiu-se para a sala de estar. O pai estava sentado na cadeira de balanço, em frente à janela com vista para o jardim dos fundos. Ao lado da janela, havia a grande biblioteca, sempre bagunçada. Seu pai tinha comprado e lido muitos livros na vida, mas nunca conseguiu ordená-los, de modo que, cada vez que precisava procurar um, encontrava outro. Perfeita metáfora da vida de Marcus. Sempre procurou algo, mas talvez pela desordem dos seus desejos, sempre encontrou outras coisas.

Aproximou-se do pai, que não tinha percebido a sua presença, e o beijou na face. Fez algumas perguntas, as habituais, sabendo que não iria receber respostas, mas apenas um olhar desconcertado.

"Vamos comer", disse-lhe, pegando a mão para ajudá-lo a se levantar.

Quando agarrou a mão, percebeu que dentro dela havia um folheto. Como era possível? Olhou o pai tentando entender e ele, como se quisesse responder, abriu a mão. Marcus pegou o papel. Era a página rasgada de um livro. Instintivamente, olhou em volta e viu-o, sobre a mesa. Quase tremendo abriu aquele papel. Imediatamente entendeu. Era a poesia Canção da infância, de Peter Handke. Marcus estremeceu. Aproximou-se da mesa. O livro do qual o pai tinha rasgado a folha "tinha sido presente do seu 18º aniversário.

Como se tivesse na mão o mapa de um tesouro esquecido, folheou as páginas e leu a dedicatória que o pai tinha escrito: "Marcus, não basta observar o mundo e compartilhá-lo, embora sempre com desprendimento, sonhos e desilusões. Precisa entrar nele com o peso das paixões e das dores."

Marcus voltou para o pai, ajudou-o a se levantar. Fixou seus olhos e o abraçou.

ER
UND
SIE

Simone
Paulino

"Amemos esta distância tecida de amizade,
que os que não se amam, não se separam".
SIMONE WEIL

Uma mulher está indo de trem para Berlim. É uma manhã de inverno. Há neve cobrindo a copa das árvores. Vez ou outra, os postes de energia eólica aparecem ao longe. Modernos moinhos de vento. Ela leva consigo uns livros, umas músicas, alguns euros, umas poucas peças de roupa e um mapa, em que está assinalado *Breitscheidplatz*. Vestida em seu casaco castor, carrega em um dos bolsos um pedaço de pão. A todo minuto consulta o bolso. Apalpa o pão para se certificar de que ele continua lá. Nos intervalos entre um minuto e outro, toma um gole pequeno do chá verde muito quente comprado segundos antes da partida, como se precisasse fazer durar até o fim da viagem, o chá e a coragem que ele lhe infunde. O que vê fora contrasta com o que vê dentro. Olha para essa pessoa que cruza o longe de tudo com solene estranheza. Onde nasceu? Em que dia exatamente? Esta que segue destemida por trilhos tão desconhecidos? Ela sou eu, eu sei. E em meio a todo o contentamento que ela me dá, o mais valioso é a sua companhia. Estou com ela. Gosto dela. Não me sinto só ao seu lado. Não tenho mais o medo de antes. Conversamos longamente. Silenciamos, às vezes. De tempos em tempos, ela anota uma frase minha no pequeno bloco que tem no outro bolso do casaco. Anota, e devolve o bloco com cuidado ao bolso, mantendo por alguns segundos a mão sobre o papel bom. Estamos indo. Não só a Berlim. Estamos indo ao encontro do que fomos. E do que seremos na soma final de todos os instantes. No trem de alta velocidade, por um acaso numérico, estou sentada de costas para o meu destino. De modo que meus olhos enxergam só o que no instante mesmo que é, já ficou para trás. Vou, sem olhar para o que me espera. Porque ir, afinal, é tudo o que importa. Como fui, antes, quando eu, não era eu. Quando eu era ela.

Uma mulher está indo de trem para Berlim. É uma manhã de inverno. Há Sol, mas o frio recusa-se a ceder seu lugar no vagão. Vez ou outra, uma chaminé de fábrica abandonada surge ao longe. Por um leve instante, ela confunde a fumaça do trem com a fumaça da fábrica desativada, quase escuta o apito agudo, anunciando o intervalo entre uma jornada e outra. Vestida em seu casaco castor, leva no bolso um pedaço de pão e no outro um poema. Não precisa tocá-los para saber que estão ali, o pão e o poema. Pode sentir o doce-amargo de ambos na boca. O pão e o poema estarão com ela no ponto final. Dirão dela, depois, que era uma mulher a oscilar entre a gravidade e a graça, como o trem parece oscilar nas curvas. Uma mulher *com um coração capaz de bater através do universo inteiro*. Por enquanto, ela é só a mulher que queimou as fotos, enterrou os livros e triturou umas pedras, antes de abandonar seu quarto na Rue Auguste Comte, em frente ao Jardin du Luxembourg, em Paris, o mesmo endereço onde passou longas noites discutindo com Trotsky. Mas aos olhos menos atentos, ela é só uma mulher com ar insolente, escrevendo em folhas soltas de um papel azul, com uma letra quase indecifrável. Não suspeitam que ela carrega de cor um poema que poderia salvá-la na chegada a Berlim:

O Amor deu-me boas vindas, porém retraiu-se
minha alma, em pó e pecado eivada.
Mas o Amor, de olhar sagaz, observando-me
recuar àquela minha primeira entrada,
achegou-se de mim, suave, indagando
se algo me faltava.

Um homem espera uma mulher em Berlim. Ele está sentado numa cadeira que já foi azul e branca um dia. Está à espera à beira do lago, embora às vezes esqueça por que a espera há tanto tempo. Um Sol raro derrete o resto da neve e aquece o tecido gasto da cadeira. No bolso do casaco, o homem traz um poema, também ele quase apagado. O mesmo que recitou para ela no verão de 1932. Um homem espera uma mulher que nunca chegará a Berlim.

Um homem espera uma mulher em Berlim. Ele está sentado no banco que margeia o chafariz. Olha embevecido a torre bombardeada da igreja Kaiser-Wilhelm. É uma das mais belas cicatrizes da sua cidade. São quase onze horas da manhã. Faz muito frio, mas o clima de Natal aquece as pessoas e deixa no ar um burburinho inaudível. Do bolso do casaco, ele tira um livro pequeno e antigo e nele lê um poema enquanto espera.

Por que o lago? WARUM Por que a página do livro? WARUM Por que as cadeiras azuis e brancas? WARUM Por que a neve? WARUM Por que as fotos queimadas? WARUM Por que uma mulher quebrando pedras? WARUM Por que estas cidades? WARUM Por que é tudo tão espantoso? WARUM Por que são tantas linhas? WARUM Por que nos encontramos? WARUM Por que nos desencontramos? WARUM Por que estamos escrevendo estas histórias (todas) juntos? WARUM Por que tudo se entrelaça? WARUM Por que o passado emerge no nosso presente? WARUM Por que um passado que não é nosso? WARUM Por que as pessoas (fictícias e reais) nos atravessam? WARUM Por que eu e você (tão pequenos) com umas poucas palavras? WARUM Por que este desejo de diálogos intermináveis? WARUM Por que o silêncio a que somos forçados? WARUM Por que conversamos mesmo quando não falamos? WARUM Por que você me faz maior? WARUM Por que se é só você? WARUM Por que somos essa coisa parecida com uma escrita descontínua? WARUM Por que este amor tão agudo? WARUM Por que eu? WARUM

Porque o lago. WEIL Porque a página do livro. WEIL Porque as cadeiras azuis e brancas. WEIL Porque a neve. WEIL Porque as fotos queimadas. WEIL Porque uma mulher quebrando pedras. WEIL Porque estas cidades. WEIL Porque é tudo tão espantoso. WEIL Porque são tantas linhas. WEIL Porque nos encontramos. WEIL Porque nos desencontramos. WEIL Porque estamos escrevendo estas histórias (todas) juntos. WEIL Porque tudo se entrelaça. WEIL Porque o passado emerge no nosso presente. WEIL Porque um passado que não é nosso. WEIL Porque as pessoas (fictícias e reais) nos atravessam. WEIL Porque eu e você (tão pequenos) com umas poucas palavras. WEIL Porque este desejo de diálogos intermináveis. WEIL Porque o silêncio a que somos forçados. WEIL Porque conversamos mesmo quando não falamos. WEIL Porque você me faz maior. WEIL Porque é só você. WEIL Porque somos essa coisa parecida com uma escrita descontínua. WEIL Porque este amor tão agudo. WEIL Porque nós. WEIL

BERLIM, CANÇÃO DA TERRA

Susana Fuentes

A Siegessäule. A Coluna da Vitória. Meu amigo apontou para o alto, e estávamos no carro elétrico sem capota que fica à disposição de quem passe pela esquina. Depois é só largar em outro ponto, o carro andarilho. Olhei para cima enquanto completávamos a volta. Sempre que olho para lá vejo o anjo do filme, ele disse. Também eu o via: nos ombros dourados da Siegessäule, o anjo de Wim Wenders se deixa fisgar pela cidade. Lê pensamentos, os pensamentos de quem lê um livro. Janelas de gente falando com os próprios botões, pensando alto. No filme, uma biblioteca, um circo. E no trapézio, o pêndulo. Uma cidade pendular.

O anjo de Wim Wenders no céu sobre Berlim. Como o anjo, cumpro o caminho a pé. E agora, na parada Alexanderplatz ouço as muitas línguas em bocas de todas as idades.

No meio da rua, vejo as pedras com os nomes. Stolpersteine. As pedras douradas no chão com os nomes dos que foram expulsos daquela casa, logo em frente. Já imaginou? Tocavam na sua porta e você tinha que ir. De repente você não tinha mais casa, mais nada.

As pedras. Você tropeça nos nomes, mas nunca pisa nos nomes. De algum modo os pés recuam, e na leitura nossos olhos restituem a ausência àquela casa. Fazem parte da escrita das ruas na cidade.

Penso em Bella, sobre quem li na cópia do jornal berlinense em minhas mãos, publicado em 1947. Há exatos setenta anos, dois anos depois da guerra chegada ao fim. O artigo falava dos que haviam sido deportados para sua terra de origem, a Polônia, mas que conseguiram fugir do Gueto de Varsóvia. Percebo o inevitável, de Bella não se tem mais notícias. Seu nome está lá, podemos compor sua figura, mas enquanto ouvimos a história singular dos sobreviventes, ela deixa de existir naquelas linhas. Nessa falta, coloco meus pés em suas pegadas e imagino os rastros desta que não deixou pistas. Em que lugar, em que gesto seu último olhar, sua última esperança? Nesta ausência a procuro, em seus dezessete anos, alta, cabelos louros na foto em preto e branco, que veio parar em minhas mãos depois de minha pesquisa, um casaco de poucos botões, a blusa branca com uma fita.

Vasculhando uma caixa entre postais e cartas, pergunto-me. Do que deixamos para trás, quem ainda nos verá nas fotos, e quantos ainda repetirão os nossos nomes?

Hoje, na televisão, a imagem dos soldados jogando pães para imigrantes no campo de refugiados. No mesmo instante, veio-me à lembrança o artigo do jornal quando conta sobre os que escaparam do gueto. Ficávamos com a boca aberta sob o muro, qualquer coisa que jogassem para nós agarrávamos, para ter chance de comer o mínimo que fosse.

Sob o céu de Berlim, a música do filme do Wim Wenders. No trapézio aprendi aquele voo, a sequência do filme, apenas não tão alto. Assim também com as pessoas que passam por mim enquanto escrevo. Aprendo a ler as pessoas, não tão alto, as vozes bem perto do ouvido.

No caminho, jovens sírios dançam e todos dão as boas-vindas, depois das tragédias de vidas perdidas na travessia pelo mar.

A Philarmonie. A arena da música. Na forma de um circo, ou de um grande barco, pessoas em todas as alturas. O navio, a embarcação, a arena. A lenta baleia, quase um peso, um balanço, um ritmo.

A ressonância de tudo o que vemos. Ali também compomos o que é visto.

No centro, fica a orquestra, e nós em círculo ao seu redor ocupando o espaço em varandas que se debruçam em torno do centro, em zigue-zague na espiral de quinas retas, dobras multiplicadas no espaço. Eu, atrás da orquestra, vejo o convés do navio em diferentes alturas, perdendo-se circular e para cima estendendo-se até o teto.

Ter ido naquele mesmo dia ao jardim do Schloss Charlottenburg fez com que eu visse a grama, o vento, cada ruído na canção da terra de Mahler.

Bella, olhe para cima. Da câmara apertada para a câmera de fotografia, capto seu olho.

Você e o anjo se deitam na grama comigo.

Ou no teatro batem os pés no chão de madeira da plateia.

Os aplausos não cessam, mais, mais. Meu amigo me olha: aqui é assim, podem ficar aplaudindo por muito tempo. Olhei para o chão, ele viu que eu reparava. Muitas vezes aplaudem com os pés, ele disse. E imaginei o impacto dos pés na madeira.

Como o anjo do filme, perambulo pela cidade. E reparo onde os pés são bem-vindos. Ou partes do corpo. Onde você pode se sentar, deitar, e assim olhar em outras direções. Quando olhar pode ser tocar. E aplaudir é voltar a ter os pés em contato com chão, na gravidade onde o corpo também entra.

No jardim danço o rikudei-am, a dança de roda israeli, e suas tranças estão no ar, Bella, os pés giram, o vestido. Leio, ouço, escuto, e você passa por esses pedaços de pedras, luzes, chuviscos. O cinza chumbo das paredes está atrelado aos números, fixados nos dados e estatísticas, seu nome, no entanto, uma estrela.

Vejo a vida cochichar no silêncio a cada fagulha. Ali, uma pequena chama. Nos desenhos das crianças em Teresienstadt, ou nesse pedaço de uma cópia de jornal. A conversa onde está seu nome. Contam de seu rosto. E de outros rostos e outros nomes que, camuflando-se em números, gritam uma ausência discreta.

Em Berlim, grama e pés convivem. Também toalhas, blusas, calças, cestas. Ora, deitar-se no verde é ser um pouco dono da sua cidade também. Você fica responsável por ela, lá onde você a ocupa. Ali onde você para, descansa, lê um livro, come alguma coisa que acabou de comprar no supermercado.

E a relva convida venha, sinta-se em casa.

Podem sair do gramado, por favor? Essa fala não é em Berlim, é no Rio. A grama e nós fora dela. Nós, que também somos animais, igualmente fomos expulsos da mata. Difícil explicar à alemã de visita ao Rio a placa de é proibido pisar. No Jardim Botânico, ela se conteve. No Museu da República, não pôde mais se segurar, era a véspera de sua partida. Em dois segundos apareceu um guarda.

A luz na parede cor de chumbo, no Museu Judaico. O Jüdisches Museum. Mal consigo sair dali. Tenho a foto da menina de memória em minhas mãos. Bella, no verão antes da guerra.

Olhe para cima, Bella, para a fresta, nesta sala do museu. A luz natural entra por aquela fenda no alto. Assim nos damos conta de como é impossível escapar, como é longe. Mas nessa linha a fresta se abre para você, Bella, quando você fecha os olhos. Se eu estender um pouco mais o braço, esticar um pouco mais os dedos, talvez alcance a luz e refresque seus lábios. Antes que você abra os pulmões e se engasgue com o peso do ar.

Deitar na grama é ver céu, ver nuvens, é ouvir os sons que começam a aparecer. É ter a formiga ao seu lado como zebra ou antílope que divide com você as margens de um rio. É perder as moedas que estavam no bolso, é molhar as costas porque a grama ainda estava úmida de orvalho, da chuva. O céu fica redondo, ganha o contorno dos olhos. Porque deitado você não olha para cima, você vê o céu de frente.

A cidade para todos. No gramado, em Berlim, eu não era mais uma visitante em terra estrangeira, era parte da paisagem, entendo-me com jardins, terra, verde, começo a enxergar.

A Philarmonie, a arena da música. Na forma de um circo, ou de um grande barco, pessoas em todas as alturas. Berlim, canção da terra. Talvez seja assim a cidade, como a vida, em alturas e camadas superpostas onde tento encontrar de onde vinha aquela música.

No espetado da relva, na umidade da terra, as palavras retomam o seu curso no papel. Com os pés, mesmo agora de volta ao Rio, continuo a andar por Berlim e a pisar na grama.

SOBRE OS AUTORES

LEONARDO TONUS é Professor Livre-Docente e Coordenador do Departamento de Estudos Lusófonos na Université Paris-Sorbonne. Publicou vários artigos e livros sobre autores brasileiros contemporâneos. Foi condecorado pelo governo Frances Chevalier des Palmes Académiques (2014) e Chevalier des Arts et des Lettres (2015). Em 2015 foi nomeado Curador do Salon du Livre de Paris, e, em 2016, organizou a exposição *Oswald de Andrade: passeur antropophage*, no Centre Georges Pompidou.

ANDREA NUNES é Promotora de Justiça no combate à corrupção em Recife e autora dos romances policiais *O código numerati* e *A corte infiltrada*. Em 2014, recebeu uma menção honrosa da Academia Pernambucana de Letras como melhor escritora nordestina do ano, no Prêmio Dulce Chacon.

ANTONIO SALVADOR é autor do premiado romance *A Condessa de Picaçurova*, do livro ensaístico *Três vinténs para a cultura*, e do espetáculo teatral *Experimento com bola de demolição sobre objetos de uso diário*, encenado pelo Coletivo de Areia, em 2016. *Homem-número*, seu novo romance, será publicado em 2017. Vive em Berlim.

CAIO YURGEL nasceu no Rio Grande do Sul e, atualmente, vive e trabalha em Berlim. Venceu o Prêmio OFF Flip de Literatura na categoria contos (2010), o III Concurso Mário Pedrosa de Ensaios Sobre Arte e Culturas Contemporâneas (2010) e o IV Prémio Nacional Ideal Clube de Literatura (2012). Seu romance de estreia, *Samba sem mim* (Benvirá), foi finalista do Prêmio São Paulo de Literatura 2015.

CAMILA GONZATTO é roteirista e diretora de cinema. É doutora em Teoria da Literatura / Escrita Criativa pela PUC-RS.

CLAUDIA NINA é jornalista e autora de *A palavra usurpada* (Editora da PUC-RS); *A literatura nos jornais: crítica literária dos rodapés às resenhas* (Summus); *A barca dos feiosos* (Ponteio); *Nina e a Lamparina* (DSOP); *ABC de José Cândido de Carvalho* (José Olympio), *Delicados abismos* (Oito e meio), e os romances *Esquecer-te de mim* (Babel) e *Paisagem de porcelana* (Rocco). *A misteriosa mansão do misterioso Senhor Lam* (Vieira & Lent) e *A Repolheira* (Aletria) são os infantis mais recentes. Participou da antologia *Vou te contar* (Rocco) em homenagem a Tom Jobim. É colunista da *Revista Seleções* (Reader's Digest). *Amor de longe* (Ficções) é seu primeiro juvenil, de 2017.

EUNICE GUTMAN cursou cinema no INSAS, em Bruxelas. Entre os filmes que dirigiu, destacam-se *A rocinha tem histórias* (1985), *Amores de rua* (1993), menção honrosa no *The New York Festivals*, e *Nos caminhos do lixo* (2009), Margarida de Prata da CNBB. Na China fez o longa *Palavra de mulher* (1995). *Dirce, mestra em tempo contínuo*, de 2016, traz a história da criação da UERJ e uma visão sobre a educação e pesquisa no Rio de Janeiro.

FELIPE FRANCO MUNHOZ nasceu em São Paulo, em 1990. É graduado em Comunicação Social pela Universidade Federal do Paraná. Em 2010, recebeu a Bolsa Funarte de Criação Literária para escrever o romance *Mentiras* (Nós, 2016), inspirado na obra de Philip Roth. Entre fevereiro e março de 2016, publicou – junto com Marcelino Freire e Carol Rodrigues – uma sequência de micronarrativas diárias no jornal *Ponto Final*, de Macau, China. Sua ficção já foi publicada em diversos veículos, como Words Without Borders, *Gazeta do Povo*, *Rascunho*, *Cândido* e *The Huffington Post*.

GODOFREDO DE OLIVEIRA NETO, autor de doze romances, publicou na França *Amores exilados* e *Menino oculto*. *Amours exilées* foi saudado pela crítica francesa – o jornal *Le Figaro* deu grande destaque à obra – e *L'Enfant Caché* foi comparado à arte de Almodovar pelo jornal *Le Monde* e recebeu o selo *Le choix des libraires de France*, 2015. O autor mora no Rio de Janeiro e é professor de literatura na Universidade Federal – UFRJ.

HENRIQUE RODRIGUES nasceu no Rio de Janeiro, em 1975. É formado em Letras pela UERJ, com especialização em Jornalismo Cultural pela UERJ, mestre e doutor em Letras pela PUC-Rio. Já foi atendente de lanchonete, balconista de videolocadora, professor, superintendente pedagógico da Secretaria de Estado de Educação do Rio de Janeiro e coordenador pedagógico do programa "Oi Kabum!". Trabalha na gestão de projetos literários no Sesc Nacional. Participou de várias antologias literárias e é autor de onze livros, entre os quais o romance *O próximo da fila* (Record), inspirado no período em que foi atendente do McDonald's.

IEDA DE OLIVEIRA é escritora e compositora. É pós-doutora em Análise do Discurso pela Université Paris XIII, Doutora em Letras pela USP e Mestre em Letras pela PUC-Rio. Sua obra teórica, ficcional e musical tem sido voltada para o público infantil e juvenil. Recebeu, entre outros, o Prêmio "José Guilherme Merquior de Crítica Literária", além de várias láureas "Altamente Recomendável", da FNLIJ. Sua obra faz parte do "White Ravens" de Munique. Iniciou, em 2016, sua produção literária para adultos.

JÉFERSON ASSUMÇÃO é escritor com mais de vinte livros publicados, entre eles *Cabeça de mulher olhando a neve* (Besouro Box, 2015), *A vaca azul é ninja em uma vida entre aspas* (Libretos, 2014), *A ilustração vital* (Bestiário/ Fundación Ortega y Gasset, Cátedra Unesco de Leitura – PUC-Rio, 2013), *Homem-massa* (Bestiário/Fundación Ortega y Gasset, 2012) e *Máquina de destruir leitores* (Sulina, 2000). É pós-doutorando no Programa de Pós-graduação em Literatura da Universidade de Brasília (UnB). É doutor em Humanidades e Ciências Sociais – Filosofia, pela Universidade de León (Espanha). Licenciado em Filosofia pelo Centro Universitário La Salle (Canoas – RS). Foi secretário adjunto de Cultura do Rio Grande do Sul, de 2011 a 2014, secretário municipal de Cultura de Canoas 2009-2010, coordenador-geral e diretor de Livro, Leitura, Literatura e Bibliotecas do Ministério da Cultura (2005-2009 e 2015) e é um dos articuladores do Plano Nacional de Livro, Leitura e Literatura (PNLL). Nasceu em Santa Maria – RS em 1970.

JOÃO GUILHOTO nasceu em Lisboa em 1987. Aos 21 anos começou a trabalhar como jornalista. Primeiro passou pelo jornal *Público* como estagiário e mais tarde colaborou com outras publicações portuguesas. Publicou os seus primeiros textos literários nas revistas LER e *Cult* e no *Jornal Rascunho*. Em 2015 lançou o seu primeiro livro no Brasil, *O livro das aproximações*, um cruzamento entre a ficção e a poesia em quarenta fragmentos. Mudou-se para a Alemanha em 2012 onde reside atualmente.

KATIA BANDEIRA DE MELLO-GERLACH nasceu no Rio de Janeiro e reside em Nova York há vinte anos. Além de escritora, é mestre em Direito Internacional Privado e advogada. Integra o corpo docente da Universidad Desconocida do Brooklyn. Publica no *Jornal Rascunho*, na *Revista Cenas* (Centro Cultural Raimundo Carrero) e na *Revista Philos*. Tem quatro livros de contos publicados no Brasil e nos Estados Unidos.

KRISHNA MONTEIRO nasceu em 1973. É diplomata desde 2008. Em 2015, estreou como escritor com o livro *O que não existe mais* (Tordesilhas Livros), que será lançado na França pela Editions Le lampadaire e foi finalista do Prêmio Jabuti/2016, na categoria Contos e Crônicas. Participou da edição de 2016 do *Printemps Littéraire Brésilien* e terminou recentemente seu primeiro romance, *O mal de Lázaro*, a ser publicado em 2018.

LÚCIA BETTENCOURT, carioca, começou a publicar graças ao Prêmio Sesc (contos 2005) conferido a: *A Secretária de Borges* (Record, 2006). Pela mesma editora publicou ainda *Linha de Sombra* (Record, 2008) e *O Amor Acontece* (Record, 2012). Como ensaísta recebeu o prêmio da Academia Brasileira de Letras em 2012 pelo livro *O banquete*, uma degustação de textos e de imagens. Publicou o romance *O regresso: a última viagem de Rimbaud* no ano de 2015, pela Editora Rocco. Lúcia tem participado de diversas antologias, dentre as quais destaca-se *Olhar Paris*, organização de Leonardo Tonus (Nós, 2016).

LUCIANA RANGEL é jornalista, escritora, nasceu em 1974, no Rio de Janeiro, e mora em Berlim desde 2005. Em sua trajetória, soma experiência na imprensa internacional e nacional. Suas pesquisas e produções de TV sobre história, política e cultura na Alemanha foram premiadas pela União Europeia e TV Globo. Recebeu também o Prêmio Petrobrás pelo documentário: Brasil: País da saudade. Como autora, participou da Antologia *Saudade é uma palavra estragada* (Bübül Verlag) e do Salão de Outono do Maxim-Gorki Theater.

MÁRCIO BENJAMIN é natalense, do Estado do Rio Grande do Norte, tem 37 anos, trabalha como advogado, formado pela Universidade Federal do Rio Grande do Norte. *Maldito Sertão* (2012, Jovens Escribas) foi o seu primeiro livro de contos, quadrinizado em 2016 pelo coletivo Quadro-9. No mesmo ano lançou o seu romance, *Fome*.

MAURICIO VIEIRA nasceu em Santo André, São Paulo, em 1978. Reside em Paris. Autor dos livros de fotografia *A árvore e a estrela* (Pinakotheke, 2008), *Angola soul* (Edição do Autor, 2011), e do livro de poesia *Árvoressências* (Editora de Cultura, 2014). Expôs poemas e fotografias no SESC, no Instituto Moreira Salles e no Lusofolie's. Participou do Raias Poéticas em Portugal, da Flipoços e do *Printemps Littéraire Brésilien* em Paris. Em março de 2017 apresentará *La lyre africaine*, trabalho teatral, no Espace Krajcberg. Em 2017 publicará em Portugal seu primeiro romance, *A árvore oca* (Labirinto). Edita a revista de poesia *Arvoressências* desde 2014.

MARIZA BAUR é jornalista, escritora, advogada e procuradora do Ministério Público. Estudou Direito na Faculdade de Direito do Largo de São Francisco USP e Jornalismo na Faculdade Cásper Líbero. Foi diretora da União Brasileira de Escritores. É autora do livro infantojuvenil *Era uma vez um padre e um rei...* (Marca Visual, 2014). Tem contos, crônicas e poesias em Antologias. Recebeu prêmios literários no Brasil e na Itália.

ROBERTO PARMEGGIANI nasceu, em 1976, em Bolonha (Itália). É formado pela Universidade de Bolonha em Ciências da Educação. Publicou seus primeiros livros em italiano. Depois de morar dois anos no Brasil, passou a escrever também em português e publicou no país: *A lição das árvores* (DSOP, 2013); *A avó adormecida* (DSOP, 2014); *O mundo de Arturo* (Editora Nós, 2016). Em 2016, estreou na literatura adulta, participando da antologia de contos *Olhar Paris* (Editora Nós). Com o livro *Felicidade submersa* (Editora Nós 2017) volta ao seu primeiro amor, a poesia. Atualmente, continua escrevendo nos dois idiomas.

SIMONE PAULINO nasceu em São Paulo, é jornalista e editora. Mestre em Teoria Literária e Literatura Comparada pela USP Universidade de São Paulo é autora, entre outros, do livro de contos *Abraços negados* (2010), do infantil *O sonho secreto de alice*. Participou das Antologias *Grafias urbanas* (2010), *Histórias femininas* (2011), *Olhar paris* (2016). E em 2017 lança *Como Clarice Lispector pode mudar sua vida*.

SUSANA FUENTES é escritora, atriz e autora dos livros *Luzia* (7Letras, 2011), finalista do Prêmio São Paulo de Literatura, *Escola de gigantes* (7Letras, 2005) e *Anotações de Berlim* (Megamíni, 2016), e da peça teatral *Prelúdios: em quatro caixas de lembranças e uma canção de amor desfeito*, selecionada para o The New York International Fringe Festival em 2012. É doutora em Literatura Comparada pela UERJ.

© Editora NÓS, 2017

Direção editorial SIMONE PAULINO
Projeto gráfico BLOCO GRÁFICO
Assistente de design STEPHANIE Y. SHU
Revisão DANIEL FEBBA
Produção gráfica ALEXANDRE FONSECA

Texto atualizado segundo o novo Acordo Ortográfico da Língua Portuguesa.
* Exceto o conto de João Guilhoto, no qual manteve-se a grafia conforme o português de Portugal.

Dados Internacionais de Catalogação na Publicação (CIP)
(Câmara Brasileira do Livro, SP, Brasil)

Escrever Berlim / Leonardo Tonus (org.)
Vários autores
São Paulo: Editora NÓS, 2017
216 pp.

ISBN 978-85-69020-16-5

1. Contos brasileiros – Coletâneas
I. Tonus, Leonardo

Índices para catálogo sistemático:
1. Antologia: Contos: Literatura brasileira

Todos os direitos desta edição reservados à Editora NÓS
Rua Funchal, 538 - cj. 21
Vila Olímpia, São Paulo SP | CEP 04551-060
[55 11] 2173 5533 | www.editoranos.com.br

Fontes BERLIN, GRETA
Papel POLÉN BOLD 90 g/m²